MW01520313

F. Scott Fitzgerald

Bernice se coiffe à la garçonne

précédé de
Le pirate de la côte

Édition publiée sous la direction de Philippe Jaworski
Traduit de l'américain et annoté
par Marc Amfreville et Antoine Cazé

Gallimard

Ces nouvelles sont issues du recueil *Garçonnes et philosophes*,
dans *Romans, nouvelles et récits*, tome I
(Éditions Gallimard, collection Bibliothèque de la Pléiade).

Titres originaux :

THE OFFSHORE PIRATE

BERNICE BOBS HER HAIR

Francis Scott Fitzgerald est né le 24 septembre 1896 à Saint Paul (Minnesota), dans le Middle West. Il est d'ascendance irlandaise. D'origine modeste, il fréquente pourtant la haute société de Saint Paul, découvre les séductions vénéneuses de l'univers des riches et les cruautés des différences sociales, dont il fera le matériau d'un grand nombre de ses œuvres de fiction. De l'époque de Princeton, où il est admis en 1913 et où il fera des études médiocres, il gardera le regret de n'avoir pu faire partie de l'équipe de football ni du corps expéditionnaire américain, la guerre en Europe ayant pris fin avant qu'il puisse s'embarquer.

La chance lui sourit pourtant avec son premier roman, *L'Envers du Paradis*. Il paraît en 1920, fait scandale, est un énorme succès. Fitzgerald devient le porte-parole de la génération nouvelle, de l'âge du jazz, des *flappers*, les danseuses de Charleston aux cheveux courts et aux genoux nus. Riche et célèbre, il peut épouser la fille qu'il convoite, la plus belle, Zelda Sayre. Mais la gloire de Fitzgerald ne dure que le temps des Années folles. Après la crise économique de 1929-1930, son univers passe de mode. Il travaille à Hollywood, oublié. Depuis le début des années 1930, Zelda ne quitte guère les institutions psychiatriques. Fitzgerald meurt d'une crise cardiaque le 21 décembre 1940, laissant un roman inachevé : *Le dernier nabab*.

Le pirate de la côte

Cette histoire improbable s'ouvre sur une mer aux allures de rêve bleu, aussi colorée que des bas de soie bleue, et sous un ciel bleu comme les yeux d'un enfant. Brillant au firmament vers l'ouest, le soleil dardait de petits disques d'or sur la surface de la mer : l'observateur attentif finissait par les voir bondir de vague en vague pour aller rejoindre un ample collier de sequins qui s'assemblait à un demi-mille au large, promesse d'un splendide couchant. À mi-chemin entre la côte de la Floride et le collier d'or était amarré un gracieux yacht à vapeur blanc, flambant neuf, à la poupe duquel une jeune fille blonde se prélassait dans une banquette d'osier sous un taud à rayures bleues, tout en lisant *La Révolte des anges* d'Anatole France.

Souple et svelte, elle avait peut-être dix-neuf ans, une bouche aguicheuse d'enfant gâtée et des yeux gris et vifs qui rayonnaient de curiosité. Ses pieds, nus et ornés plutôt que chaussés de mules en satin bleu se balançant nonchalamment au bout de ses orteils, étaient perchés sur l'accoudoir d'une banquette jouxtant celle qu'elle occupait. Et sans interrompre sa lecture, elle se régalait par intermittence d'un demi-citron qu'elle appliquait légèrement sur sa langue. L'autre moitié, sucée jusqu'à l'écorce, reposait à ses pieds sur le pont et tanguait tout doucement en suivant le mouvement presque imperceptible des flots.

La seconde moitié du citron était presque exsangue et le collier de sequins avait atteint une largeur spectaculaire lorsque la torpeur régnant à bord fut soudain brisée par le bruit d'un pas lourd : un homme d'un certain âge casqué de cheveux gris coiffés avec soin et vêtu d'un complet de flanelle blanche surgit de l'escalier montant des cabines. Il s'arrêta là un instant puis, une fois ses yeux accoutumés au soleil, avisa la jeune fille sous le taud et poussa un long grognement de désapprobation.

S'il avait escompté obtenir de la sorte un quelconque sursaut, il en fut pour ses frais. La jeune fille passa calmement deux pages, revint en arrière d'une, leva le citron d'un geste mécanique à portée de sa langue puis, très légèrement mais sans erreur possible, elle bâilla.

« Ardita ! » lança l'homme grisonnant d'un ton sévère.

Ardita émit un petit son n'indiquant rien de précis.

« Ardita ! répéta-t-il, Ardita ! »

Ardita leva le citron avec langueur, laissant trois mots passer ses lèvres avant qu'il n'atteigne sa langue :

« Oh, la ferme.

— Ardita !

— Quoi ?

— Veux-tu bien m'écouter... ou faudra-t-il que j'aille chercher un domestique pour te tenir pendant que je te parle ? »

Le citron descendit dans une lenteur pleine de mépris.

« Mets-moi ça par écrit.

— Voudrais-tu avoir la décence de refermer cet abominable livre et laisser ce satané citron tranquille une minute ?

— Oh, fiche-moi la paix une seconde, tu veux bien !

— Ardita, je viens de recevoir un message par téléphone depuis la côte...

— Le téléphone ? fit-elle, montrant enfin un soupçon d'intérêt.

— Oui, c'était...

— Tu veux dire, l'interrompit-elle intriguée, qu'on t'a laissé tirer un câble jusqu'ici ?

— Oui, et à l'instant...

— Et les autres bateaux, ils ne risquent pas de s'y empêtrer ?

— Non. Le câble court au fond. Il y a cinq min...

— Ça alors, j'en reviens pas ! Saperlipopette ! La science est d'or, comme on dit... pas vrai ?

— Vas-tu me laisser finir, oui ou non ?

— Allez, crache le morceau !

— Eh bien, il semble que... ma foi, je suis monté pour... » Il s'arrêta et déglutit plusieurs fois, décontenancé. « Ah, oui. Jeune fille, le colonel Moreland a rappelé pour me demander de ne pas oublier de te conduire à son dîner. Son fils Toby est venu tout exprès de New York pour te rencontrer et il a invité d'autres jeunes gens. Pour la dernière fois, tu veux b...

— Non, répliqua sèchement Ardita, pas question. J'ai embarqué sur cette satanée croisière dans la seule idée d'aller à Palm Beach, et tu le savais très bien. Pas question de rencontrer je ne sais quel vieux colonel ou quel jeune Toby et sa clique, ni de mettre les pieds dans je ne sais quel patelin de ce pays de dingues. Alors, soit tu me conduis à Palm Beach, soit tu la fermes et tu débarrasses le plancher.

— Très bien. C'en est trop. En t'amourachant de cet homme — un individu notoirement connu pour ses excès... et que ton père n'aurait même pas autorisé à prononcer ton nom — tu as décidé de jouer les demi-mondaines plutôt que les jeunes filles censément bien élevées. Dorénavant...

— Je sais, ironisa Ardita, dorénavant tu suivras ton chemin et moi le mien. Je connais la rengaine. Tu sais bien que rien ne me ferait plus grand plaisir.

— Dorénavant, annonça-t-il avec grandiloquence, tu n'es plus ma nièce. Je... »

Le cri d'agonie d'une âme perdue monta du tré-
fonds d'Ardita : « Oh ! là ! là ! Arrête donc de me
casser les pieds ! Fiche-moi le camp ! Saute par-
dessus bord et coule au fond ! Tu veux que je te
lance ce livre à la figure !

— Si tu oses faire quoi que... »

Schlack ! La Révolte des anges fendit les airs,
manqua sa cible à deux doigts près et dégringola
joyeusement dans l'escalier.

L'homme poivre et sel recula instinctivement d'un
pas puis s'avança prudemment de deux. Ardita se
dressa d'un bond et du haut de son mètre soixante
le défia de ses yeux gris qui jetaient des éclairs.

« Arrière !

— Comment oses-tu ! s'écria-t-il.

— Parce que je fais ce que je veux !

— Tu es devenue insupportable ! Ta méchan-
ceté...

— C'est vous tous qui m'avez rendue ainsi !
Aucun enfant n'est méchant sauf par la faute de
sa famille ! C'est vous qui m'avez faite comme je
suis. »

Marmonnant entre ses dents, l'oncle se détourna
puis fit un pas pour réclamer d'une voix forte
qu'on lui prépare la vedette. Il revint alors vers
le taud, sous lequel Ardita s'était rassise, concen-
trant à nouveau son attention sur le citron.

« Je vais à terre, articula-t-il lentement, je
remonterai à bord ce soir à 9 heures. À mon retour
nous rentrerons à New York, où je te remettrai
aux bons soins de ta tante pour le restant de tes

jours... enfin, de tes nuits, surtout. » Il s'interrompit, la regarda, et soudain quelque chose dans la beauté purement enfantine de la jeune fille parut percer sa colère gonflée comme un ballon de baudruche, lui donnant l'air désemparé, hésitant, totalement ridicule.

« Ardita, lui dit-il non sans tendresse, je ne suis pas un imbécile. J'ai roulé ma bosse. Je connais les hommes. Et puis, mon petit, les libertins endurcis ne s'amendent pas avant d'être au bout de leur rouleau... et alors, ils ne sont plus rien... rien que l'ombre d'eux-mêmes. » Il la regardait comme s'il attendait son approbation, mais rien ne vint, alors il poursuivit : « Peut-être cet homme t'aime-t-il... c'est possible. Il a aimé bien des femmes et en aimera bien d'autres. Il y a moins d'un mois, un mois, rends-toi compte, Ardita ! tout le monde parlait de son aventure avec cette rousse, Mimi Merril ; il avait promis de lui offrir le bracelet de diamants que sa propre mère tenait du tsar de Russie. Tu es au courant... tu lis les journaux.

— *Scandales à sensation*, un film réalisé par Tonton l'Angoissé, bâilla Ardita. Tu devrais faire du cinéma. L'abject noceur fait les yeux doux à la vertueuse garçonne. La vertueuse garçonne succombe à son passé scabreux. Elle s'arrange pour le retrouver à Palm Beach. Son plan est déjoué par Tonton l'Angoissé.

— Me diras-tu enfin pourquoi diable tu veux l'épouser ?

— Pas la moindre idée, répliqua Ardita. Peut-être parce que c'est à ma connaissance le seul homme, bon ou mauvais, qui ait de l'imagination et le courage de ses opinions. Peut-être pour fuir les jeunes crétins désœuvrés qui passent leur temps à me poursuivre à travers tout le pays. Mais quant au fameux bracelet russe, rassure-toi, car c'est à moi qu'il va l'offrir à Palm Beach... si tu veux bien faire preuve d'un peu de jugeote.

— Et cette... rousse ?

— Il ne la voit plus depuis six mois, rétorqua-t-elle furibonde. Tu ne te figures donc pas que j'ai assez de fierté pour m'en être assurée ? Tu n'as pas encore compris que je fais ce que je veux de n'importe quel homme, bon sang ? »

Elle leva le menton, tel *L'Appel aux armes*[1], puis gâcha quelque peu la pose en levant le citron pour s'apprêter à le lancer.

« C'est ce bracelet russe qui te fascine ?

— Non, j'essaye juste de te donner le genre d'argument que ton intelligence puisse accepter. Et puis je voudrais que tu fiches le camp, enchaîna-t-elle, de nouveau prête à mordre. Tu sais bien que je ne change jamais d'avis. Ça fait trois jours que tu me rends folle d'ennui. Je n'irai pas à terre ! C'est hors de question ! Tu m'entends ? Hors de question !

— Très bien, et tu n'iras pas non plus à Palm Beach. J'en ai vu des égoïstes, des enfants gâtées, des capricieuses, des mal embouchées et des têtes brûlées, mais jam... »

Splatch ! Le demi-citron l'atteignit au cou. À ce même instant, un appel retentit par-dessus bord.

« La vedette est prête, Mr. Farnam. »

S'étouffant de rage, Mr. Farnam fusilla sa nièce d'un regard réprobateur avant de se retourner pour descendre vivement l'échelle de coupée.

II

5 heures. La lumière du soir glissait pour plonger sans bruit dans la mer. Le collier d'or s'élargissait en une île étincelante, lorsqu'une douce brise qui agitait déjà les franges du taud et faisait osciller l'une des mules bleues apporta soudain les lourds échos d'un chant. C'était un chœur d'hommes aux harmonies suaves, en parfaite synchronie avec l'accompagnement d'un bruit de rames frappant les eaux bleues. Ardita leva la tête et tendit l'oreille.

> *Carottes Soubise,*
> *Navets sauce grise,*
> *Ail en chemise,*
> *   Joyeux gaillards !*
> *Soufflez la brise,*
> *Soufflez la brise,*
> *Soufflez la brise,*
> *   Tenez la barre.*

Le front d'Ardita se plissa d'étonnement. Assise droite comme un I, elle redoubla d'attention quand le chœur entonna le deuxième couplet.

Bandes de sardines,
Marshall et Dean,
Grosses légumes
      Et gros richards.
Soufflez la brise,
Soufflez la brise,
Soufflez la brise,
      Tenez la barre.

Poussant une exclamation, elle envoya valser son livre sur le pont, où il atterrit en vrac, et se précipita jusqu'au bastingage. À quinze mètres de là, une grosse chaloupe s'approchait avec à son bord sept hommes, six à la rame et un debout à la poupe qui battait la mesure à l'aide d'une baguette de chef d'orchestre.

Huîtres et rochers,
Sciure et souliers,
Qui f'rait une montre
      Avec un phare ?…

Les yeux du chef se posèrent soudain sur Ardita, qui se penchait par-dessus bord, sous le coup de la fascination. Un geste bref de sa baguette et le chant cessa aussitôt. Elle vit que c'était le seul homme blanc de la chaloupe : les six rameurs étaient noirs.

« Ohé, du *Narcisse* ! s'écria-t-il poliment.

— À quoi rime tout ce barouf ? demanda gaiement Ardita. C'est la chorale des diplômés de l'asile du coin, ou quoi ? »

La chaloupe venait déjà racler le flanc du yacht et un Noir grand et costaud posté à la proue se tourna pour agripper l'échelle. Sur ces entrefaites, le chef quitta sa position à la poupe et avant qu'Ardita ait saisi ses intentions, il gravit promptement les échelons et se tint hors d'haleine devant elle sur le pont.

« Les femmes et les enfants seront épargnés ! lança-t-il vivement. Tous les bambins qui pleurnichent seront noyés sur-le-champ et tous les hommes mis aux fers ! » Surexcitée, Ardita fourra les mains dans les poches de sa robe et le dévisagea, muette d'étonnement.

C'était un jeune homme à la moue dédaigneuse dont les yeux bleus comme ceux d'un bébé plein de santé brillaient dans un visage hâlé à l'expression sensible. Il avait les cheveux noirs de jais, humides et frisés — pareils à ceux d'une statue grecque mais bruns. Bien bâti, bien habillé, il possédait la grâce et l'agilité d'un *quarter-back*.

« Ça alors, par les cornes de mon père ! » s'écria-t-elle ahurie.

Ils se dévisagèrent froidement.

« Vous abandonnez le navire ?

— C'est censé être drôle ? demanda Ardita. Est-ce que vous êtes débile... ou bien c'est juste une épreuve qui fait partie d'un bizutage ?

— Je vous ai demandé si vous abandonniez le navire.

— Je croyais que l'alcool était prohibé[2], fit Ardita pleine de mépris. Vous avez ingurgité du vernis à ongles, ou quoi ? Vous feriez mieux de quitter ce yacht vite fait !

— Quoi ? répliqua le jeune homme d'une voix incrédule.

— Quittez ce yacht ! Vous m'avez entendue ! »

Il la considéra un moment comme pour étudier ses paroles.

« Non, articula lentement la bouche dédaigneuse, non, je ne quitterai pas ce yacht. Vous pouvez partir si vous voulez. »

S'approchant du bastingage il aboya un ordre et aussitôt l'équipage s'élança à l'assaut de l'échelle pour venir s'aligner devant lui, un grand costaud noir comme du charbon à une extrémité du rang, et à l'autre, un nabot mulâtre qui mesurait un mètre quarante-cinq. Ils étaient apparemment tous vêtus d'une sorte de costume bleu orné de poussière, de boue et de déchirures ; chacun portait à l'épaule un petit sac qui paraissait bien lourd, et sous le bras un gros étui noir renfermant vraisemblablement un instrument de musique.

« Garde à vous ! » ordonna le jeune homme en faisant claquer ses talons. « Demi-tour droite ! À vos rangs, fixe ! Viens voir ici, Divin Enfant ! »

L'avorton noir fit un pas rapide en avant et salua.

« Prends le commandement, descends au pont inférieur, empare-toi de l'équipage et ligote-les... tous sauf le mécanicien. Celui-là, tu me le ramènes. Et puis tiens, empile ces sacs-là près du bastingage.

— À vos ordres, mon cap'taine ! »

Divin Enfant salua une nouvelle fois, pivota sur ses talons et fit signe aux cinq autres de le rejoindre. Après une brève concertation à voix basse, ils descendirent l'escalier menant aux cabines en file silencieuse.

« Et maintenant », dit gaiement le jeune homme à l'adresse d'Ardita, qui avait assisté à toute la scène dans un silence plein d'arrogance, « si vous jurez sur votre honneur de garçonne — qui ne vaut sans doute pas bien cher — de fermer votre petit clapet d'enfant gâtée pendant quarante-huit heures, vous pouvez rejoindre la côte à la rame.

— Et sinon ?

— Sinon, vous êtes bonne pour une croisière en mer. »

Poussant un petit soupir comme pour indiquer que l'orage était passé, le jeune homme s'affala sur la banquette libérée par Ardita et s'étira nonchalamment. Sa bouche se décrispa en une moue d'appréciation tandis qu'il passait en revue le somptueux taud à rayures, les cuivres rutilants et les coûteux accessoires du pont. Son regard tomba sur le livre, puis sur le citron racorni.

« Hum, fit-il, le général Stonewall Jackson prétendait que le jus de citron lui donnait les idées claires. Et les vôtres, le sont-elles ? »

Ardita ne daigna pas répondre.

« Parce que dans moins de cinq minutes, poursuivit-il, il faudra que votre décision le soit : partir ou rester. »

Il ramassa le livre et l'ouvrit par curiosité.

« *La Révolte des anges*. Ça n'a pas l'air mal. C'est français, hein ? » Il lui prêta un intérêt renouvelé : « Vous êtes française ?

— Non.

— Comment vous appelez-vous ?

— Farnam.

— Vous n'avez pas de prénom ?

— Ardita Farnam.

— Eh bien, Ardita, rien ne sert de rester là à vous mordiller les joues. Il faut se débarrasser de ce genre de tic nerveux pendant qu'on est encore jeune. Venez donc vous asseoir. »

Ardita tira de sa poche un étui de jade, en sortit une cigarette qu'elle alluma avec un calme étudié, sachant pourtant que sa main tremblait un peu ; puis elle s'approcha de sa démarche souple et chaloupée et, prenant place sur l'autre banquette, exhala une bouffée en direction du taud.

« Vous ne pouvez pas me faire quitter ce yacht, dit-elle fermement, et vous n'êtes pas très malin si vous croyez pouvoir aller bien loin. Mon oncle enverra des tas de messages radio à travers tout l'océan avant qu'il soit 6 heures et demie.

— Hum. »

Elle lui jeta un rapide coup d'œil et vit l'inquiétude se peindre clairement sur son visage lorsque les coins de sa bouche s'affaissèrent imperceptiblement.

« Ça m'est égal, reprit-elle en haussant les épaules, ce n'est pas mon yacht. Je n'ai rien contre deux petites heures de croisière. Tiens, je vous prête même ce bouquin, comme ça vous aurez de quoi lire sur la vedette de police qui vous conduira à Sing-Sing. »

Il eut un rire méprisant.

« Vous pouvez garder vos conseils. Tout cela fait partie d'un plan établi bien avant que je connaisse l'existence de ce yacht. Si ça n'avait pas été celui-ci, on aurait pris le suivant amarré au large de la côte.

— Qui êtes-vous ? demanda brusquement Ardita, et que faites-vous dans la vie ?

— Vous avez décidé de ne pas regagner le rivage ?

— L'idée ne m'a même pas effleurée.

— On nous connaît en général, tous les sept, sous le nom de *Curtis Carlyle & Ses Six Acolytes*, récemment engagés au Winter Garden et au Midnight Frolic[3].

— Vous êtes chanteurs ?

— Jusqu'à aujourd'hui. Désormais, à cause de ces sacs blancs que vous voyez là, nous sommes des fugitifs recherchés par la police, et si la récompense offerte pour notre capture n'a pas déjà atteint vingt mille dollars, je me trompe fort.

— Qu'y a-t-il dans les sacs ? s'enquit Ardita pleine de curiosité.

— Eh bien, on va dire pour l'instant que c'est…
de la vase… de la vase de Floride. »

III

Moins de dix minutes après la discussion entre
Curtis Carlyle et un mécanicien terrifié, le *Narcisse*
avait levé l'ancre et mis cap au sud dans un doux
crépuscule tropical. Le petit mulâtre appelé Divin
Enfant, qui semblait avoir la confiance implicite
de Carlyle, prit le commandement de la situation.
Parce qu'ils avaient tenté de se rebeller, le valet
et le maître-coq de Mr. Farnam, seuls membres
d'équipage à bord en plus du mécanicien, médi-
taient à présent leur erreur, solidement ligotés
sur leur couchette du pont inférieur. Trombone
Moïse, le plus costaud des six Noirs, s'affairait à
la proue pour occulter le nom du yacht à l'aide
d'un pot de peinture, remplaçant *Narcisse* par
Hula Hula[4], tandis que les autres s'étaient rassemblés à la poupe et s'absorbaient dans une partie
de craps enfiévrée.

Ayant donné ses ordres pour qu'on prépare et
serve un repas à 19 h 30 sur le pont, Carlyle rejoignit Ardita et, se renversant dans la banquette,
ferma à demi les yeux avant de sombrer dans un
état de profonde méditation.

Ardita l'observa attentivement et le classa sur-le-
champ dans la catégorie des personnages roman-
tiques. Il donnait l'impression d'une arrogance

monumentale érigée sur de fragiles fondations :
la jeune fille discernait, affleurant sous chacune
de ses décisions, une incertitude qui contrastait
violemment avec son rictus insolent.

« Il n'est pas comme moi, pensa-t-elle, il y a
une différence quelque part. »

Égotiste patentée, Ardita pensait souvent à
sa propre personne et ce, son égotisme n'ayant
jamais été remis en question, avec le plus grand
naturel et sans que son charme indubitable en
souffrît le moins du monde. Malgré ses dix-neuf
ans, elle faisait l'effet d'une enfant précoce et
enjouée : dans la radieuse douceur de sa jeunesse et de sa beauté, tous les hommes et toutes
les femmes qu'elle avait connus n'étaient que
morceaux de bois flotté sur les vaguelettes de son
tempérament. Elle avait rencontré d'autres égo-
tistes — en vérité, elle trouvait les égocentriques
plutôt moins barbants que les autres — mais il
ne s'en était jamais encore trouvé un qu'elle n'eût
fini par vaincre et soumettre.

Mais bien qu'elle reconnût un égotiste allongé
sur la banquette tout près d'elle, elle ne ressen-
tait nullement se refermer en son for intérieur
les habituelles portes indiquant que le navire se
parait à l'attaque ; bien au contraire, son instinct
lui disait que cet homme était en fait tout sauf
inexpugnable, qu'il était totalement sans défense.
Défier les conventions — ce qui constituait ces derniers temps sa distraction principale — provenait
chez Ardita d'un intense désir d'être elle-même, et

elle sentait qu'au contraire, l'homme auprès d'elle
ne se souciait que de sa propre défiance.

Elle manifestait bien plus d'intérêt envers lui
qu'envers la situation où elle se trouvait, qui la
concernait aussi peu que la perspective d'une
matinée au spectacle aurait pu retenir l'attention
d'une enfant de dix ans. Elle avait implicitement
confiance en sa capacité à se protéger elle-même
à tout moment.

La nuit s'assombrissait. Une pâle lune nouvelle
souriait d'un œil embrumé au-dessus de la mer, et
tandis que le rivage s'estompait et que des nuages
noirs s'éparpillaient comme des feuilles au vent le
long de l'horizon lointain, une grande lueur lunaire
baigna soudain le yacht et déroula une avenue de
métal scintillant dans son rapide sillage. De temps
en temps, une vive flamme surgissait lorsque l'un
des hommes allumait une cigarette, mais hormis
le mugissement grave des moteurs vrombissants
et le ressac imperturbable des vagues autour de
la poupe, le yacht était aussi calme qu'un bateau
de rêve naviguant cap sur les étoiles en plein ciel.
Tout autour d'eux fluait l'odeur de la mer nocturne, qui charriait une langueur infinie.

Carlyle rompit enfin le silence :

« Quelle chance vous avez, soupira-t-il. J'ai
toujours voulu être riche… et pouvoir m'acheter
toute cette beauté. »

Ardita bâilla.

« J'aimerais être à votre place, avoua-t-elle sans
détour.

— Oui, oui... l'espace d'un ou deux jours. Mais il est vrai que vous ne manquez pas de courage pour une garçonne.

— Ne m'appelez pas ainsi, s'il vous plaît.

— Pardon, pardon.

— Quant au courage, poursuivit-elle sans hâte, c'est le seul trait qui rachète mon caractère. Je n'ai peur de rien au monde.

— Hum, moi si.

— Pour avoir peur, il faut être soit un personnage important... soit un trouillard. Je ne suis ni l'un ni l'autre. » Elle se tut un moment avant de s'exalter : « Mais parlez-moi un peu de vous. Qu'avez-vous donc commis... et comment ?

— Pourquoi ces questions ? demanda-t-il d'un air cynique. Vous allez écrire un scénario ?

— Allez quoi ! Racontez-moi des bobards au clair de lune. Inventez une histoire fabuleuse. »

Un Noir fit son apparition, alluma une série de petites lampes sous le taud et entreprit de préparer la table en osier pour le souper. Et tandis qu'ils dégustaient poulet froid, salade, artichauts et confiture de fraises trouvés dans le garde-manger bien garni, Carlyle se lança, d'abord hésitant puis plein de fougue lorsqu'il vit l'intérêt dont faisait preuve la jeune fille. Ardita picorait à peine, le regard fixé sur le visage basané du beau jeune homme, ironique et légèrement vain.

Sa vie commençait dans une petite ville du Tennessee, au sein d'une famille si miséreuse qu'ils étaient les seuls Blancs de leur rue. Il n'avait aucun souvenir d'autres enfants blancs, mais une douzaine de négrillons étaient invariablement accrochés à ses basques, admirateurs passionnés qu'il gardait dans son sillage grâce à la vivacité de son imagination et à la quantité d'ennuis qu'il leur attirait sans cesse avant de les en sortir. Et cette fréquentation semblait avoir orienté un talent musical hors du commun dans une direction inhabituelle.

Il s'était trouvé une femme de couleur du nom de Belle Pope Calhoun qui jouait du piano dans les fêtes données pour les enfants de bonne famille — des gentils petits Blancs qui seraient passés devant Curtis Carlyle en se pinçant le nez. Mais le « pauv' p'tit Blanc » en haillons avait pris l'habitude de s'asseoir à côté de la pianiste à longueur de temps en essayant de jouer une voix d'alto avec un de ces kazoos dont se servent les gamins pour fredonner leurs airs. Curtis n'avait pas treize ans qu'il tirait déjà un ragtime canaille et enjoué d'un veux violon dans les petits cafés de Nashville. Huit ans plus tard, la folie de cette musique s'empara de tout le pays et Curtis embarqua avec lui six négros pour faire la tournée des Orpheum[5]. Cinq d'entre eux étaient des copains d'enfance ; le sixième n'était autre que le petit mulâtre, Divin Enfant, qui travaillait sur les docks de tout le port de New York, et avait bien avant cela servi comme esclave dans une plantation des Bermudes, jusqu'au jour où il avait enfoncé une dague longue de huit pouces dans le dos de son maître. Avant même d'avoir pris toute la mesure de sa bonne fortune, Carlyle jouait à Broadway, où les offres de cachets pleuvaient de toutes parts, et où il gagnait plus d'argent qu'il n'en avait jamais rêvé.

C'est alors qu'une étrange transformation se fit jour dans son attitude générale : il devint amer lorsqu'il s'imagina passer les meilleures années de son existence à gigoter sur scène avec une troupe de jeunes Noirs. Son numéro faisait merveille dans le genre — trois trombones, trois saxophones et lui à la flûte — et c'était son sens si particulier du rythme qui le rendait à nul autre pareil ; mais une étrange émotivité s'empara peu à peu de lui, et il se mit à détester l'idée de se donner en spectacle, à redouter ce moment jour après jour.

Ils gagnaient bien leur vie — chaque nouveau contrat prévoyait un cachet plus élevé que le précédent — mais quand il allait voir le patron d'un cabaret pour lui dire qu'il voulait abandonner son sextet et continuer une carrière de pianiste, on lui riait au nez en lui disant qu'il était fou, que ce serait un suicide artistique. Par la suite, il en vint à se moquer de cette expression, « suicide artistique ». Tout le monde l'employait.

Ils jouèrent une demi-douzaine de fois pour des soirées dansantes à trois mille dollars, et ce fut comme si l'occasion cristallisait tout son dégoût envers ce moyen d'existence qui était le sien. Cela se passait dans des clubs ou des demeures où il n'aurait pas pu entrer dans la journée. Après tout, il n'avait pas d'autre rôle que celui du macaque de service, une sorte de version sublimée du danseur de music-hall. Il en avait assez de l'odeur même du théâtre, de la poudre et du fard, des potins échangés dans le foyer des artistes, et de l'approbation condescendante accordée par les spectateurs des premières loges. Il n'avait plus le cœur à l'ouvrage. La simple idée de glisser imperceptiblement dans le luxe de l'oisiveté le rendait fou. Il s'en approchait, bien sûr, mais tel un enfant qui mange sa crème glacée si lentement qu'il n'en sent absolument pas le goût.

Il voulait avoir beaucoup de temps et d'argent, l'occasion de lire et de jouer, s'entourer d'hommes et de femmes qui ne pourraient jamais être à lui — du genre de ceux qui, s'ils lui avaient prêté la moindre attention, l'auraient considéré comme tout à fait méprisable ; bref, il désirait tout ce qu'il commençait à ranger dans la catégorie de l'aristocratie, une aristocratie que semblait pouvoir acheter presque tout l'argent du monde sauf celui gagné en exerçant une profession comme la sienne. Il avait alors vingt-cinq ans, se retrouvait sans famille ni éducation, ni la moindre assurance qu'il réussirait dans les affaires. Il se mit à placer son capital en dépit du bon sens, et en trois semaines il avait perdu jusqu'à son dernier *cent*.

Survint la guerre. Il partit pour Plattsburg[6], et même là-bas sa profession le rattrapa. Un général de brigade le fit mander au Q.G. et lui fit savoir qu'il servirait mieux la patrie en dirigeant un orchestre : il passa donc la guerre à divertir des célébrités loin du front avec le *big band* du quartier général. Ce n'était pas une mauvaise situation, sauf que lorsqu'il voyait les troupes d'infanterie revenir estropiées des tranchées, il aurait voulu être dans leurs rangs. La sueur et la boue qui leur collaient au visage lui paraissaient n'être rien d'autre qu'un de ces ineffables symboles de cette aristocratie qui lui échappait sans fin.

« Tout cela, c'est la faute des bals privés. Après mon retour de la guerre, la routine a repris son cours. Une chaîne d'hôtels en Floride nous a fait une offre. Et ce n'était plus qu'une question de temps. »

Sa voix se perdit et Ardita le fixa, impatiente de connaître la suite, mais il secoua la tête.

« Non, lui dit-il, je ne vous raconterai pas la suite. Je savoure tellement mon plaisir que je crains d'en perdre un peu si je le partage. Je veux me raccrocher à ces quelques instants héroïques où, le souffle court, j'ai résisté face à eux tous et je leur ai fait savoir que je valais plus qu'un pauvre clown tout juste bon à sautiller en beuglant sur une scène. »

Depuis la proue s'éleva soudain le timbre grave d'une chanson. Les Noirs s'étaient rassemblés sur le pont et leurs voix montaient de concert en une envoûtante mélopée dont les harmonies poignantes s'élançaient vers la lune. Et Ardita prêta l'oreille, sous le charme.

Oh va...
   Oh va,
Maman veut m'emmener sur la Voie lactée,
Oh va...
   Oh va...
Oh va,
Papa dit que ce s'ra pour demain-ain-ain !
Mais maman dit aujourd'hui,
Oh oui... maman dit aujourd'hui !

Carlyle soupira et se tut un instant, les yeux levés vers l'armée rassemblée des étoiles scintillant comme des lampes à arc dans le ciel tiède. Le chant des Noirs s'était éteint en un murmure plaintif et il semblait que de minute en minute la luminosité et le vaste silence s'amplifiassent au point que le jeune homme pût presque entendre les sirènes à leur toilette nocturne peigner leurs boucles ruisselantes d'argent dans le rayon de lune et se raconter les belles épaves qui leur servaient de demeures bordant les avenues opalescentes et glauques des fonds marins.

« Vous voyez, fit doucement Carlyle, voilà la beauté que je désire. Il faut que la beauté soit étonnante, étourdissante... il faut qu'elle s'impose comme un rêve, comme les yeux exquis d'une jeune fille. »

Il se tourna vers elle, mais elle restait silencieuse.

« Vous voyez, n'est-ce pas, Anita... je veux dire, Ardita ? »

Toujours pas de réponse. Cela faisait un moment qu'elle dormait à poings fermés.

IV

Le lendemain, dans l'éclatante lumière de midi, un point au beau milieu de la mer devant eux se mua le plus naturellement du monde en un îlot vert et gris, apparemment constitué à sa pointe septentrionale d'une haute falaise de granit qui descendait en pente douce le long d'un kilomètre de taillis et d'herbes vives jusqu'à une plage de sable se mêlant paresseusement aux flots. Lorsque Ardita, qui lisait dans son siège préféré, parvint à la dernière page de *La Révolte des anges*, et que, refermant le livre d'un geste sec, elle leva les yeux pour se retrouver face à ce paysage, elle poussa un petit cri de plaisir et appela Carlyle qui, l'air sombre, méditait accoudé au bastingage.

« Est-ce là l'endroit ? L'endroit où vous allez ? »

Carlyle se contenta de hausser les épaules : « Vous me posez une colle », dit-il avant de lancer d'une voix plus forte à l'homme qui tenait lieu de skipper : « Holà ! Divin Enfant, c'est ça, ton île ? »

La tête miniature du mulâtre surgit au coin de la cabine : « Oui, mon cap'taine ! C'est bien ça, oui. »

Carlyle rejoignit Ardita : « Ça a l'air épatant, non ?

— Oui, approuva-t-elle, mais pas assez grand pour faire une bonne planque, il me semble.

— Vous croyez toujours à ces messages radio que votre oncle devait lancer tous azimuts ?

— Non, lui répliqua Ardita sans hésiter, je suis entièrement de votre côté. J'aimerais vraiment beaucoup que vous leur échappiez.

— Vous êtes notre porte-bonheur, lui dit-il dans un éclat de rire. J'imagine qu'il va falloir vous garder à bord comme mascotte... du moins pour l'instant.

— Vous seriez bien en peine de me demander de rentrer à la nage, dit-elle froidement. Si jamais vous faites cela, moi j'écris des romans de quatre sous à partir de l'interminable histoire de votre vie que vous m'avez servie hier soir. »

Il rougit et se raidit imperceptiblement.

« Désolé de vous avoir ennuyée.

— Oh, mais pas du tout... sauf vers la fin, quand vous me racontiez votre fureur de ne pas pouvoir danser avec les dames pour qui vous jouiez votre musique.

— Vous n'êtes qu'une sale petite langue de vipère, explosa-t-il en se levant, courroucé.

— Pardon, pardon, fit-elle en s'esclaffant, mais je n'ai pas l'habitude que des hommes me régalent en me racontant leurs ambitions... surtout s'ils ont vécu une vie si mortellement platonique !

— Et pourquoi donc ? De quoi les hommes vous régalent-ils, d'habitude ?

— Oh, ils me parlent de moi, bâilla-t-elle, ils me disent que je suis la jeunesse et la beauté incarnées.

— Et que leur répondez-vous ?

— Oh moi, j'approuve calmement.

— Est-ce que tous les hommes que vous rencontrez vous disent qu'ils vous aiment ? »

Ardita hocha la tête : « Et pourquoi ne le feraient-ils pas ? La vie tout entière ne consiste qu'à s'approcher puis s'éloigner d'une seule phrase : "Je vous aime." »

Carlyle rit puis s'assit : « C'est très juste. C'est... c'est pas mal du tout. C'est vous qui avez inventé cette maxime ?

— Oui... ou plutôt je l'ai découverte. Ça ne veut rien dire de particulier. C'est juste astucieux.

— C'est le genre de remarque typique de votre classe sociale, dit-il sentencieusement.

— Oh, ça suffit, l'interrompit-elle d'un air impatient, ne me resservez pas votre leçon sur l'aristocratie ! Je n'ai aucune confiance dans les gens qui sont sérieux comme le pape de si bonne heure le matin. C'est une forme bénigne de démence, une espèce de crise qu'on sert en guise de petit déjeuner. Le matin, c'est fait pour dormir, aller se baigner et ne se soucier de rien. »

Dix minutes plus tard, ils avaient contourné l'île comme pour l'approcher par le nord.

« Il y a quelque chose qui cloche, se dit Ardita d'un air songeur. Il est impossible qu'il veuille tout bonnement jeter l'ancre au pied de cette falaise. »

Ils se dirigeaient droit vers la muraille rocheuse à présent, qui devait largement dépasser les trente mètres de hauteur, et c'est seulement lorsqu'ils furent à moins de cinquante mètres qu'Ardita put discerner leur objectif. Elle battit alors des mains pour exprimer sa joie. Une anfractuosité s'ouvrait dans la falaise, entièrement dissimulée derrière un étrange promontoire rocheux, et par cette brèche le yacht se glissa pour parcourir au ralenti un étroit chenal d'eau transparente entre deux hautes murailles grises. Puis ils mouillèrent l'ancre dans un monde miniature tout de vert et d'or, une baie dorée lisse comme du verre et ceinte de minuscules palmiers : l'ensemble évoquait les lacs miroitants et les arbres faits de brindilles que les enfants installent dans leurs châteaux de sable.

« C'est rien chouette ! s'écria Carlyle tout excité. M'est avis que ce petit négro connaît ce coin de l'Atlantique comme sa poche. »

Son exubérance était contagieuse et Ardita jubila à son tour : « C'est un repaire absolument inviolable !

— Ah ça, pardi ! Exactement le genre d'île qu'on voit dans les livres. »

La chaloupe fut descendue sur le lagon doré et ils ramèrent jusqu'au rivage.

« Venez », dit Carlyle lorsqu'ils prirent pied sur le sable vaseux, « allons explorer l'endroit. »

La ceinture de palmiers était à son tour environnée d'un anneau sablonneux d'un kilomètre de diamètre. Ils le parcoururent en direction du sud et, après avoir traversé un autre rideau de végétation tropicale, débouchèrent sur une plage vierge de sable gris perle où Ardita se débarrassa de ses chaussures de golf en cuir (elle semblait avoir renoncé définitivement aux bas) pour aller patauger dans l'eau. Puis ils revinrent en flânant jusqu'au yacht, où l'infatigable Divin Enfant leur avait préparé le déjeuner. Il avait installé un poste de guet sur la haute falaise qui donnait au nord afin de surveiller la mer des deux côtés, même s'il doutait que quiconque pût connaître l'entrée du chenal : il n'avait jamais même vu de carte indiquant l'existence de l'île.

« Comment s'appelle-t-elle, demanda Ardita, l'île, je veux dire ?

— L'a pas de nom, ricana Divin Enfant. Je dirais comme ça que c'est rien qu'une île. »

En fin d'après-midi, ils s'adossèrent à de grands rochers sur la partie la plus élevée de la falaise et Carlyle exposa vaguement ses plans à Ardita. Il ne doutait pas qu'on était sur ses talons désormais. Le butin du coup qu'il avait réussi, et au sujet duquel il refusait obstinément d'éclairer la lanterne de la jeune fille, se montait selon ses estimations à un peu moins d'un million de dollars. Il avait l'intention de rester caché ici plusieurs semaines avant de faire route vers le sud, naviguant à l'écart des voies habituellement empruntées, de passer le cap Horn et de rejoindre Callao, au Pérou. Il laissait à Divin Enfant le soin d'organiser le ravitaillement en combustible et victuailles, car celui-ci avait apparemment bourlingué sous ces latitudes en occupant tous les postes possibles, du garçon de cabine à bord d'un navire marchand chargé de café au second d'un bateau pirate brésilien dont le capitaine avait été pendu depuis belle lurette.

« S'il avait été blanc, voilà beau temps qu'il serait devenu roi d'Amérique du Sud, déclara Carlyle d'un ton solennel. Pour ce qui est de l'intelligence, il ferait passer Booker T. Washington[7] pour un imbécile. Il possède la ruse de toutes les races et nationalités dont le sang coule dans ses veines, et sans mentir ça en fait bien une demi-douzaine. Il me vénère parce que je suis le seul homme au monde capable de mieux jouer le rag-time que lui. On se retrouvait autrefois sur les quais du port de New York, lui au basson et moi au hautbois, et on jouait en mineur sur des harmonies venues d'Afrique il y a mille ans, jusqu'à ce que les rats sortent de leur trou pour s'asseoir en cercle en gémissant et en couinant comme des chiens devant un phonographe. »

Ardita éclata de rire : « Vous êtes un sacré raconteur, vous, alors ! »

Un large sourire se peignit sur le visage de Carlyle : « Je vous jure que c'est la stricte vér...

— Et vous ferez quoi, une fois à Callao ? l'interrompit-elle.

— J'embarquerai pour l'Inde. Je veux devenir rajah. Je suis sérieux. J'ai l'intention d'aller quelque part en Afghanistan, de m'acheter un palais et une réputation, et puis au bout de cinq ans de faire mon apparition en Angleterre, riche d'un accent étranger et d'un passé mystérieux. Mais d'abord l'Inde. Vous savez, on dit que tout l'or du monde retourne très progressivement jusqu'en Inde. Je trouve qu'il y a là quelque chose de fascinant. Et je veux avoir tout le loisir de lire... tout le loisir du monde !

— Et après ?

— Après, répondit-il en manière de défi, viendra l'aristocratie. Riez si ça vous chante... mais admettez que moi au moins, je sais ce que je veux, tandis que vous, vous ne pouvez sans doute pas en dire autant.

— Détrompez-vous », le contredit Ardita en fouillant sa poche à la recherche de l'étui à cigarettes. « Lorsque j'ai fait votre connaissance, je mettais au désespoir tous mes amis et ma famille parce que je savais exactement ce que je voulais.

— C'est-à-dire ?

— Un homme. »

Il sursauta : « Vous voulez dire que vous étiez fiancée ?

— En un sens. Si vous n'étiez pas monté à bord, j'avais la ferme intention de faire une escapade à terre hier soir — cela paraît si loin — et d'aller le retrouver à Palm Beach. Il m'attend là-bas avec un bracelet ayant autrefois appartenu à Catherine de Russie. Surtout, pas de commentaires sur l'aristocratie, parvint-elle à glisser, je l'aimais simplement parce qu'il avait eu cette idée fantasque et le cran de la réaliser.

— Mais votre famille n'était pas d'accord, c'est ça ?

— Le peu de famille qui me reste : rien d'autre qu'un oncle et une tante imbéciles. Il semblerait que l'homme en question ait fait scandale avec une rousse, une certaine Mimi Machinchose… une histoire terriblement exagérée, selon lui, et les hommes ne me mentent jamais ; et puis de toute façon ça m'était bien égal, c'était l'avenir qui comptait. Et j'allais y veiller. Quand un homme est amoureux de moi, il ne va pas voir ailleurs. Je lui ai dit de plaquer cette fille sur-le-champ, et il l'a fait.

— Je suis drôlement jaloux », dit Carlyle en fronçant les sourcils. Puis il éclata de rire : « M'est avis que je vais vous garder à bord jusqu'à Callao. Une fois là-bas, je vous prêterai assez d'argent pour que vous rentriez aux États-Unis. Quand on en sera là, vous aurez eu l'occasion de revoir votre opinion sur ce monsieur.

— Ne me parlez pas sur ce ton ! s'enflamma Ardita, je ne tolérerai de personne qu'on me traite comme une petite fille ! Vous m'entendez ? »

Il gloussa puis s'arrêta net, l'air contrit devant sa colère froide qui sembla l'envelopper et le transir jusqu'aux os.

« Je suis désolé, hasarda-t-il timidement.

— Oh, ne vous excusez pas ! Je ne supporte pas les hommes qui disent "Je suis désolé" sur ce ton mâle et réservé. Fermez-la, un point c'est tout ! »

Il y eut une pause, que Carlyle trouva plutôt

inconfortable, mais qu'Ardita ne parut pas même remarquer tandis qu'elle savourait sa cigarette, le regard tourné vers la mer scintillante. Au bout d'une minute elle rampa sur le rocher et s'allongea, le visage dépassant du bord pour regarder en bas. Carlyle, qui l'observait, se dit que toute attitude dénuée de grâce semblait impossible chez elle.

« Oh, regardez ! s'écria-t-elle, ces corniches partout dans la falaise ! Elles sont larges et s'étagent à toutes les hauteurs. »

Il la rejoignit et ensemble ils plongèrent le regard dans les profondeurs enivrantes.

« Nous irons nager ce soir ! dit-elle tout excitée. Au clair de lune.

— Vous ne voudriez pas plutôt vous baigner sur la plage de l'autre côté de l'île ?

— Pas question. J'adore plonger. Vous pouvez mettre le costume de bain de mon oncle, sauf qu'il vous ira comme un sac à patates parce que tonton est ventripotent. Moi j'ai un maillot une pièce qui a choqué les autochtones tout le long de la côte atlantique, de Biddeford Pool à St. Augustin[8].

— Vous nagez comme un vrai requin, j'imagine.

— Oui, je suis plutôt bonne. Et mignonne à regarder. Il y avait un sculpteur à Rye l'été dernier qui m'a affirmé que mes mollets valaient cinq cents dollars. »

Il ne semblait pas y avoir de réponse à apporter

à cela, et Carlyle garda le silence, se permettant simplement un discret sourire intérieur.

V

Lorsque la nuit tomba lentement en ombres bleues et argentées, ils empruntèrent le chenal miroitant dans la chaloupe et, l'ayant amarrée à un rocher en saillie, entamèrent l'ascension de la falaise. La première corniche se trouvait à trois mètres de hauteur, offrant un large plongeoir naturel. Ils s'y assirent dans le rayon de lune et contemplèrent le clapot incessant de la mer, presque imperceptible à présent que la marée commençait à descendre.

« Vous êtes heureuse ? » demanda-t-il soudain.

Elle approuva en silence : « Toujours quand je suis près de la mer. Vous savez, poursuivit-elle, toute la journée j'ai pensé que nous sommes un peu pareils, vous et moi. Nous sommes tous les deux des rebelles, mais pour des raisons différentes. Il y a deux ans, je venais d'avoir dix-huit ans, et vous...

— Vingt-cinq.

— ... eh bien, nous avions réussi notre vie de façon conventionnelle. Moi j'étais une débutante aux charmes dévastateurs, et vous un musicien prospère récemment nommé officier dans l'armée...

— Gentleman par décision du Congrès[9] ajouta-t-il un rien ironique.

— Enfin bref, peu importe, nous nous conformions tous les deux aux usages. Si nous n'étions pas complètement domestiqués, du moins étions-nous un peu apprivoisés. Mais au fond de nous-mêmes demeurait une force qui nous poussait à exiger plus pour atteindre le bonheur. Je ne savais pas ce que je voulais. J'ai enchaîné un amant après l'autre, anxieuse, impatiente, moins consentante et plus insatisfaite à mesure que les mois passaient. Parfois je restais assise à me mordiller les joues en pensant que je devenais folle : j'étais terrifiée à l'idée du temps qui s'enfuit. Je voulais tout maintenant, maintenant, maintenant ! J'étais là, belle... je suis belle, n'est-ce pas ?

— Oui », approuva timidement Carlyle.

Ardita se redressa soudain : « Attendez une seconde. Je veux essayer cette mer qui m'a l'air délicieuse. »

Elle s'avança au bord du plongeoir et s'élança au-dessus des flots, d'abord pliée en deux avant de tendre tout son corps pour pénétrer dans l'eau aussi droite qu'une lame : un parfait saut carpé.

Une minute plus tard, sa voix flotta jusqu'à lui : « Vous voyez, autrefois je passais mes journées et presque toutes mes nuits à lire. Je me suis mise à rejeter la société...

— Remontez ici, l'interrompit-il, que diable faites-vous donc ?

— Rien, je fais la planche. Je remonte dans une minute. Laissez-moi vous raconter. La seule chose qui me plaisait, c'était de choquer les gens :

porter une tenue impossible et charmante à un bal masqué, sillonner les rues de New York en compagnie des hommes les plus rapides de la ville, me retrouver dans les situations les plus cauchemardesques qu'on puisse imaginer ! »

Le bruit des éclaboussures se mêlait au son de sa voix, puis il entendit sa respiration haletante tandis qu'elle entamait l'ascension de la falaise jusqu'à la saillie du rocher.

« Jetez-vous à l'eau ! » lui cria-t-elle.

Obéissant, il se leva et plongea. Lorsqu'il eut refait surface, ruisselant, et fut remonté, il découvrit qu'elle n'était plus sur la corniche, mais après une seconde de panique il entendit son rire cristallin descendre du haut d'un autre promontoire trois mètres au-dessus. Il l'y rejoignit et ils s'assirent un moment pour souffler, les bras enserrant leurs genoux, légèrement hors d'haleine après l'escalade.

« La famille était paniquée, reprit-elle sans crier gare. Ils ont essayé de me marier de force. Et puis, la vie ayant commencé à me paraître indigne d'être vécue, j'ai découvert quelque chose... (ses yeux roulèrent vers le ciel tant elle exultait)... j'ai découvert quelque chose ! »

Carlyle attendit et les mots d'Ardita se précipitèrent : « Le courage... rien de plus. Le courage comme règle de vie à ne jamais abandonner. Je me suis mise à acquérir cette foi monumentale en ma propre personne. À voir que chez toutes les idoles de mon passé, c'était une manifestation de courage qui m'avait inconsciemment attirée. J'ai commencé à réserver une place spéciale au courage. Toutes sortes de courage : celui du boxeur professionnel défait, couvert de sang, et qui se relève pour encaisser encore — j'exigeais que les hommes m'emmènent voir des combats de boxe ; celui de la femme déclassée qui passe, altière, au milieu d'un groupe d'adonis en les regardant comme des crottes de chien collées à sa semelle ; celui d'aimer ce que bon vous semble ; celui d'ignorer souverainement l'opinion des autres. Celui de vivre tout simplement selon mon bon plaisir et de mourir comme je l'entendais... Vous avez pris les cigarettes ? »

Il lui en tendit une et craqua une allumette en silence.

« Et pourtant, poursuivit Ardita, les hommes affluaient toujours : des vieux comme des jeunes, inférieurs à moi intellectuellement et physiquement, pour la plupart, mais tous désirant passionnément me posséder, posséder cette fière et magnifique tradition que je m'étais bâtie. Vous voyez ce que je veux dire ?

— Plus ou moins. Vous n'avez jamais connu la défaite, vous n'avez jamais fait d'excuses.

— Jamais ! »

Elle bondit jusqu'au bord, suspendue l'espace d'un instant telle une silhouette crucifiée à contre-jour ; puis, décrivant une sombre parabole, elle plongea sans la moindre éclaboussure entre deux vaguelettes argentées six mètres en contrebas.

Sa voix monta jusqu'à lui de nouveau : « Et à mes yeux, le courage voulait dire percer ce triste voile de brume grise qui s'abat sur la vie ; non seulement vaincre les gens et les circonstances mais vaincre la désolation de l'existence. Une façon d'insister sur la valeur de la vie et le prix des choses éphémères. »

Elle escaladait la falaise à présent, et lorsqu'elle prononça ses derniers mots, sa tête aux cheveux blonds et humides plaqués symétriquement en arrière apparut à la hauteur de Carlyle.

« Tout cela est bel et bon, lui objecta-t-il. Vous parlez de courage, mais votre courage repose véritablement, après tout, sur une fierté de naissance. Vous étiez faite pour adopter cette attitude de défi. Pour moi, quand je vois la vie en noir, même le courage est une chose noire et stérile. »

Assise près du bord, elle enserrait ses genoux et contemplait la lune blanche d'un air absent ; lui se tenait en retrait, engoncé comme un dieu grotesque dans une niche au creux du rocher.

« Je ne veux pas donner l'impression d'être Pollyanna[10], commença-t-elle, mais vous n'avez pas encore bien compris qui je suis. Mon courage est une foi — une foi en l'éternelle résilience qui est en moi ; je crois que la joie reviendra, et l'espoir, et la spontanéité. Et j'ai le sentiment qu'avant leur retour, il me faut serrer les dents, relever la tête et ouvrir grand les yeux... pas nécessairement sourire bêtement. Oh, je suis descendue plus d'une fois en enfer sans me plaindre, et l'enfer des femmes est plus mortel que celui des hommes.

— Mais à supposer, suggéra Carlyle, qu'avant ce retour de la joie, de l'espoir et de tout le reste, le rideau se baisse définitivement sur votre existence ? »

Ardita se leva et gagna la muraille qu'elle escalada non sans peine jusqu'au promontoire du dessus, quelque trois ou quatre mètres plus haut.

« Eh bien, ma foi, répliqua-t-elle, alors j'aurais gagné ! »

Il s'approcha du bord jusqu'à l'apercevoir : « Vous feriez mieux de ne pas plonger de si haut ! Vous allez vous rompre le cou », lui dit-il précipitamment.

Elle éclata de rire : « Pas moi ! »

D'un geste lent, elle écarta les bras et se tint là tel un cygne, sa jeune perfection irradiant d'une fierté qui attisa une chaude lueur dans le cœur de Carlyle.

« Nous fendons l'air noir les bras grands ouverts, lança-t-elle, et les pieds tendus comme la queue d'un dauphin, et là nous imaginons que nous n'atteindrons jamais la surface argentée tout en bas, mais soudain tout est chaud autour de nous, plein des caresses et des baisers que prodiguent les petites vagues. »

Puis elle fut dans les airs et Carlyle retint involontairement son souffle. Il ne s'était pas rendu compte que la hauteur atteignait presque douze mètres. Une éternité parut s'écouler avant qu'il entendît le bref écho compact rendu lorsqu'elle toucha la mer.

Et ce fut en exhalant un joyeux soupir de soulagement, tandis que le rire léger de la jeune fille montait en volutes perlées d'eau le long de la falaise jusqu'à ses oreilles inquiètes, qu'il sut qu'il l'aimait.

VI

Le temps, n'ayant aucun intérêt personnel à la situation, déversa sur eux trois jours entièrement faits d'après-midi. Quand le soleil illuminait le hublot de la cabine d'Ardita une heure après l'aube elle se levait d'humeur guillerette, enfilait son costume de bain et montait sur le pont. Les Noirs abandonnaient leur ouvrage lorsqu'ils l'apercevaient et se massaient, gloussant et jacassant, contre le bastingage tandis qu'elle flottait, ablette agile, passant sur et sous la surface de l'eau claire. Elle allait se baigner à nouveau dans la fraîcheur de l'après-midi, et se prélasser en fumant avec Carlyle sur la falaise ; ou bien ils s'allongeaient sur le flanc dans les sables de la plage méridionale, parlant peu mais contemplant le jour dont les couleurs tragiques déclinaient pour se muer en l'infinie langueur d'un crépuscule tropical.

Et au fil des heures ensoleillées, l'idée qu'Ardita s'était faite de l'épisode comme un interlude, une folie, la parenthèse d'une romance dans un désert de réalité, la quitta peu à peu. Elle redoutait le moment où son compagnon s'en irait vers le sud ; elle redoutait toutes les possibilités qui se présentaient à son esprit ; les pensées étaient soudain douloureuses et les décisions odieuses. Si les prières avaient tenu une place dans les rituels païens de son âme, elle aurait demandé à la vie de lui épargner un temps ses blessures, acceptant nonchalamment le flot naïf et immédiat des idées de Carlyle, sa vive imagination de garçonnet et la tendance à la monomanie qui semblait contredire son caractère et colorait le moindre de ses actes.

Mais cette histoire n'est pas celle d'un couple sur une île et ne s'intéresse pas principalement à l'amour né de l'isolement. Il s'agit simplement de présenter deux personnalités, et le décor idyllique, mer tropicale et palmiers compris, est tout à fait secondaire. Pour la plupart, nous nous contentons d'exister, de nous reproduire, et de nous battre pour en avoir le droit ; et l'idée dominante, la tentative vouée à l'échec de maîtriser son propre destin, est réservée à la petite caste des fortunés, ou des infortunés. À mes yeux, tout l'intérêt que présente Ardita réside dans ce courage qui se flétrira avec sa beauté et sa jeunesse.

« Emmène-moi avec toi », lui dit-elle un soir tard, tandis qu'assis dans l'herbe ils paressaient sous l'étendue ombreuse des frondaisons. Les Noirs avaient descendu à terre leurs instruments

de musique et un étrange ragtime flottait doucement dans la tiédeur de la brise nocturne. « J'aimerais tant réapparaître dans dix ans en grande
dame hindoue fabuleusement riche, poursuivit-
elle.

— C'est possible, tu sais, dit Carlyle en lui jetant
un rapide coup d'œil.

— C'est une proposition de mariage ? rit-elle.
Extra ! Ardita Farnam épouse un pirate. Une
jeune femme du monde kidnappée par un jazz-
man braqueur de banques.

— Ce n'était pas une banque.

— C'était quoi, alors ? Pourquoi tu ne veux rien
me dire ?

— Je ne veux pas briser tes illusions.

— Mon cher monsieur, je ne me fais aucune
illusion sur ton compte.

— Je veux dire, tes illusions sur ton propre
compte. »

Elle leva les yeux, surprise : « Sur mon propre
compte ? Mais que diable ai-je affaire avec je ne
sais quel forfait de hasard que tu as pu com-
mettre ?

— Cela reste à voir. »

Elle tendit le bras et lui tapota la main : « Cher
Mr. Curtis Carlyle, dit-elle d'une voix douce, êtes-
vous amoureux de moi ?

— Comme si cela avait une quelconque importance.

— Mais bien sûr que si... parce que moi, je
crois que je suis amoureuse de toi.

— Permettant ainsi à ton palmarès de janvier d'atteindre la demi-douzaine, lui suggéra-t-il avec un regard ironique. Et si je te prenais au mot en te demandant de m'accompagner en Inde ?

— Le ferai-je ?

— On pourra se marier à Callao, fit-il dans un haussement d'épaules.

— Quelle sorte d'existence peux-tu m'offrir ? Ce n'est pas pour être désagréable, mais sérieusement : que m'arriverait-il si les gens qui veulent empocher les vingt mille dollars de récompense te rattrapent un beau jour ?

— Je croyais que tu n'avais peur de rien.

— Jamais... pour autant, je ne vais pas gâcher ma vie pour le seul plaisir de le prouver à un homme.

— Dommage que tu ne sois pas pauvre. Rien qu'une petite pauvresse rêveusement accoudée à une barrière au doux pays des pâturages.

— Ça n'aurait pas été chouette, ça ?

— J'aurais pris plaisir à t'étonner... à voir tes yeux s'ouvrir aux choses. Si seulement tu avais envie de posséder des choses ! Tu ne les vois donc pas ?

— Je sais... comme ces filles fascinées par la vitrine des bijouteries.

— Oui, et qui veulent la grosse montre oblongue en platine avec des diamants tout autour du cadran. Sauf que tu la trouverais trop chère et que tu en choisirais une en or blanc à cent dollars. Alors moi, je dirais : "Trop chère ? Je ne trouve pas !" Et là, on entrerait dans le magasin et *hop !* la montre en platine brillerait à ton poignet.

— Ton histoire sonne comme un beau conte, beau et vulgaire… et drôle, pas vrai ? murmura Ardita.

— Pas vrai ? Est-ce que tu ne nous imagines pas voyageant autour du monde et dépensant à droite, à gauche, adulés par les grooms et les serveurs ? Oh, heureux les simples riches, car ils héritent la terre[11] !

— Sincèrement, j'aimerais que nous vivions ainsi.

— Je t'aime, Ardita », dit-il doucement.

Le visage d'Ardita perdit un instant son expression enfantine et devint étrangement grave : « J'aime être avec toi, dit-elle, plus qu'avec n'importe quel autre homme que j'aie jamais rencontré. Et j'aime ta beauté, et aussi tes cheveux bruns et ta façon d'enjamber le bastingage quand on descend à terre. En fait, Curtis Carlyle, j'aime tout ce que tu fais quand tu es parfaitement naturel. Je trouve que tu as du cran, et tu connais mon sentiment sur le sujet. Plusieurs fois quand tu étais près de moi j'ai eu envie de t'embrasser sans crier gare et de te dire que tu n'étais rien qu'un petit idéaliste à la tête pleine d'absurdités sur les riches. Peut-être que si j'étais un tantinet plus vieille et plus blasée, je partirais avec toi. Vu la situation, je crois que je vais rentrer et épouser… cet autre type. »

De l'autre côté du lagon argenté, les silhouettes

des Noirs se trémoussaient et gigotaient dans le rayon de lune, comme des acrobates qui, restés trop longtemps inactifs, doivent faire leur numéro simplement pour évacuer le trop-plein d'énergie. En file indienne, ils paradaient en suivant des cercles concentriques, tantôt la tête rejetée en arrière, tantôt courbés sur leurs instruments tels des faunes sur leur flûte. Et entre le trombone et le saxophone larmoyait sans fin l'entrelacs d'une mélodie, parfois tapageuse et jubilante, parfois lancinante et plaintive comme une danse de mort venue du fond du Congo.

« Dansons ! s'écria Ardita. Je ne peux pas rester en place quand j'entends ce jazz parfait. »

La prenant par la main, il l'entraîna vers une vaste étendue de sable durci que la lune baignait d'une splendeur magnifique. Ils flottaient comme des phalènes à la dérive dans le riche halo de lumière, et tandis que la symphonie fantastique tour à tour sanglotait, exultait, palpitait et se désolait, Ardita perdit son dernier contact avec la réalité et abandonna son imagination aux parfums rêveurs qu'exhalaient les fleurs tropicales dans l'été et aux infinis espaces étoilés du ciel, sentant que si elle ouvrait les yeux ce serait pour se retrouver dansant au bras d'un fantôme dans une contrée née de sa fantaisie.

« Voilà ce que j'appelle une soirée dansante très sélecte, chuchota-t-il.

— Je me sens prise de folie... mais une folie délicieuse !

— Nous sommes ensorcelés. Les spectres d'innombrables générations de cannibales nous observent là-bas du haut de la falaise.

— Et je parie que les femmes cannibales disent que nous dansons trop près l'un de l'autre, et que j'ai été bien impudique de venir ici sans mon anneau dans les narines. »

Ils rirent doucement, et puis leur rire se perdit lorsqu'ils entendirent sur l'autre rive du lagon les trombones s'arrêter au beau milieu d'une mesure, et les saxophones émettre un couinement de surprise avant de disparaître.

« Que se passe-t-il ? » appela Carlyle.

Le silence régna un moment avant qu'ils ne distinguent la silhouette obscure d'un homme contourner le lac argenté à toute vitesse. Comme il s'approchait, ils virent que c'était Divin Enfant en proie à une excitation inhabituelle. Il vint se poster devant eux et leur apprit la nouvelle d'une traite essoufflée : « C'est un navire au large, à peu près un demi-mille, mon cap'taine. Moïse, c'est lui qui faisait le guet, il dit qu'on dirait bien qu'il a jeté l'ancre.

— Un navire... quel genre de navire ? » demanda Carlyle, inquiet.

Sa voix trahissait le désarroi et le cœur d'Ardita fit un bond dans sa poitrine en voyant tout son visage s'affaisser.

« Il dit qu'il sait pas, mon cap'taine.

— Est-ce qu'ils mettent un canot à la mer ?

— Non, mon cap'taine.

— Montons voir », conclut Carlyle.

Ils gravirent la pente en silence, la main d'Ardita encore nichée dans celle de Carlyle comme à la fin de leur danse. Elle sentait le poing de son compagnon se serrer nerveusement de temps en temps, comme s'il n'avait pas conscience du contact entre eux, mais malgré la douleur elle ne tenta pas de retirer sa main. L'ascension parut durer une heure entière avant qu'ils n'atteignent le sommet et traversent avec précaution la largeur du plateau se détachant sur l'horizon pour gagner le bord de la falaise. Après un bref coup d'œil Carlyle poussa malgré lui un petit cri. C'était une vedette des douanes armée de canons de douze à la proue comme à la poupe.

« Ils savent ! » dit-il en inspirant une brève goulée d'air. « Ils savent ! Ils ont découvert la piste quelque part.

— Tu es sûr qu'ils connaissent le chenal ? Peut-être restent-ils là seulement pour jeter un œil sur l'île demain matin. De là où ils se trouvent ils ne pourraient pas voir l'ouverture dans la falaise.

— Ils pourraient, avec des jumelles », dit-il au désespoir. Il regarda sa montre-bracelet : « Il est presque 2 heures. Ils ne tenteront rien avant l'aube, c'est certain. Bien sûr, il reste toujours la faible possibilité qu'ils soient là pour attendre un autre bateau. Ou un ravitaillement de charbon.

— J'imagine qu'on ferait mieux de ne pas bouger d'ici. »

Les heures passèrent et ils restaient allongés

côte à côte, dans un silence absolu, le menton entre les mains comme deux enfants perdus dans leur rêve. Derrière eux, les Noirs se tenaient accroupis, patients, résignés, consentants, signalant de temps à autre par leurs ronflements sonores que même la présence du danger ne pouvait mater l'invincible besoin de sommeil de l'Africain.

Juste avant 5 heures, Divin Enfant s'approcha de Carlyle. Il y avait une demi-douzaine de fusils à bord du *Narcisse*, annonça-t-il. Avait-on décidé de ne pas offrir de résistance ? On pouvait livrer une bonne petite bataille, pensait-il, si on mettait au point un plan.

Carlyle rit et secoua la tête : « On n'a pas affaire à une armée d'espingo[12], Divin Enfant. Mais à un bateau des douanes. Ce serait comme combattre une mitraillette avec des arcs et des flèches. Si tu veux enterrer ces sacs quelque part pour tenter de venir les récupérer plus tard, vas-y et fais-le. Mais ça ne marchera pas : ils retourneraient l'île d'une pointe à l'autre. La bataille est perdue d'avance, Divin Enfant. »

L'avorton inclina la tête en silence et repartit. Carlyle avait la voix rauque en se tournant vers Ardita : « C'est le meilleur ami que j'aie jamais eu. Il se ferait tuer pour moi, et il en serait fier, si je le laissais faire.

— Tu abandonnes la partie ?

— Je n'ai pas le choix. Bien sûr, il reste toujours un moyen de s'en sortir — un moyen imparable — mais ça peut attendre. Je ne voudrais manquer mon procès pour rien au monde : ce sera une expérience intéressante pour connaître la notoriété. "Miss Farnam témoigne que l'attitude du pirate à son égard fut à tout moment celle d'un gentleman."

— Arrête ! Je suis vraiment désolée. »

Quand la couleur se retira du ciel et que le bleu terne se mua en gris de plomb, ils purent voir un grand remue-ménage sur le pont du navire et distinguer une petite troupe d'officiers en uniforme de coutil blanc rassemblée près du bastingage. Ils tenaient des jumelles à la main et scrutaient attentivement l'îlot.

« Tout est fini, déclara Carlyle, sinistre.

— Malédiction ! » murmura Ardita, sentant les larmes lui monter aux yeux.

« Retournons au yacht. Je préfère cela plutôt qu'être traqué comme un opossum. »

Quittant le plateau, ils redescendirent la pente et, parvenus au lagon, se firent reconduire à la rame jusqu'au yacht par les Noirs taciturnes. Puis, pâles et las, ils s'affalèrent sur les banquettes et attendirent.

Une demi-heure plus tard, sous la morne lumière grise, l'étrave du bateau des douanes apparut dans le chenal et s'arrêta, craignant manifestement que la baie soit trop peu profonde. D'après l'aspect paisible du yacht, l'homme et la fille sur leur banquette et les Noirs passifs qui attendaient avec curiosité contre le bastingage, ils estimèrent manifestement qu'il n'y aurait pas de résistance, car deux canots furent mis sans hâte à la mer, l'un embarquant un officier et six matelots, l'autre quatre rameurs et deux hommes grisonnants en costume de plaisance qui prirent place à la poupe. Carlyle et Ardita se redressèrent et se rapprochèrent à demi inconsciemment l'un de l'autre. C'est alors que le jeune homme s'arrêta et fourra soudain la main dans sa poche pour en extraire un petit objet rond et étincelant qu'il tendit à la fille.

« Qu'est-ce que c'est ? demanda-t-elle étonnée.

— Je n'en jurerais pas, mais je crois que d'après l'inscription en russe à l'intérieur, il s'agit du bracelet qu'on t'a promis.

— Où... où donc...

— Il se trouvait dans l'un de ces fameux sacs. Tu vois, *Curtis Carlyle & Ses Six Acolytes*, au beau milieu de leur concert dans les salons de l'hôtel de Palm Beach, ont soudain troqué leurs instruments pour des mitraillettes automatiques et ils ont dévalisé l'assistance. J'ai pris ce bracelet à une jolie rouquine aux joues trop fardées. »

Ardita fronça les sourcils puis sourit : « Alors, c'était donc ça ! Tu ne manques vraiment pas de cran ! »

Il s'inclina.

« C'est une qualité bien connue de la bourgeoisie », admit-il.

L'aube balaya vigoureusement le pont de ses rayons obliques et envoya les ombres tournoyer dans tous les recoins gris. La rosée s'éleva pour se muer en brume dorée, fine comme un rêve, les enveloppant jusqu'à ce qu'ils paraissent deux reliques arachnéennes de la nuit finissante, infiniment éphémères et s'effilochant déjà. L'espace d'un instant, la mer et le ciel retinrent leur souffle et l'aurore posa une main rose sur la jeune bouche de la vie ; puis monta du lagon la complainte d'un canot à rames et le chuintement des avirons.

Soudain, se détachant sur la fournaise dorée encore basse vers l'est, leurs deux silhouettes graciles se fondirent en une seule : il embrassait sa bouche d'enfant gâtée.

« C'est une sorte de gloire », murmura-t-il au bout d'une seconde.

Elle lui sourit.

« Heureuse ? »

Son soupir fut une bénédiction, l'assurance extatique qu'elle était maintenant plus que jamais la jeunesse et la beauté incarnées. Un instant encore, la vie fut toute de lumière, le temps un fantôme et leur force éternelle ; un choc et un grincement se firent alors entendre, le canot venait racler la coque du yacht.

Grimpant précipitamment l'échelle, les deux hommes grisonnants apparurent, suivis de l'officier et de deux des marins la main posée sur la crosse de leur revolver. Mr. Farnam croisa les bras et planta son regard dans celui de sa nièce : « Alors voilà », dit-il en hochant lentement la tête.

Dans un soupir, les bras d'Ardita se défirent du cou de Carlyle, et son regard, transfiguré et distant, tomba sur la section d'abordage. Son oncle vit sa lèvre supérieure se gonfler pour dessiner cette moue arrogante qu'il connaissait si bien.

« Alors voilà, répéta-t-il cruellement. Voilà donc l'idée que tu te fais de... de l'amour romantique. Une escapade, avec un pirate de haute mer. »

Ardita lui jeta un regard insouciant : « Quel vieil imbécile tu fais ! articula-t-elle sans hâte.

— C'est tout ce que tu trouves à dire pour ta défense ?

— Non, dit-elle en faisant mine de réfléchir, non, il y a autre chose. Il y a cette expression bien connue par laquelle j'ai mis fin à la plupart de nos conversations ces dernières années : "La ferme !" »

Et là-dessus elle se tourna, inclut les deux vieillards, l'officier et les deux marins dans un bref regard plein de mépris, et descendit fièrement l'escalier des cabines.

Mais si elle avait patienté un instant, elle aurait entendu son oncle émettre un bruit tout à fait inhabituel dans la plupart de leurs entrevues. Il se laissa aller de bon cœur à un gloussement amusé, auquel se joignit l'homme qui l'accompagnait.

Ce dernier se tourna vivement vers Carlyle, qui avait considéré toute la scène d'un air mystérieusement amusé :

« Eh bien, Toby, lui dit-il d'un ton cordial, espèce d'incurable chasseur de chimères, as-tu trouvé qu'elle était à ton goût d'écervelé romantique ? »

Carlyle sourit avec assurance : « Ma foi... naturellement. J'en ai eu la certitude absolue dès le moment où je l'ai entendue raconter pour la première fois sa carrière extravagante. C'est pour cela que j'ai demandé à Divin Enfant de lancer la fusée hier soir.

— Heureusement, dit le colonel Moreland le plus sérieusement du monde. Nous sommes restés sur vos talons au cas où tu aurais eu des ennuis avec ces six nègres dont nous ne savons rien. Et nous espérions bien vous surprendre tous les deux dans une situation compromettante, soupira-t-il. Moralité : "Seul un fou peut attraper un autre fou !"

— Ton père et moi avons veillé toute la nuit en espérant que tout finirait pour le mieux... ou peut-être est-ce pour le pire ! Dieu sait que je te fais confiance pour te débrouiller avec elle, mon garçon. Elle m'a rendu chèvre. Lui as-tu donné le bracelet russe que mon détective a récupéré chez cette Mimi ? »

Carlyle opina.

« Chut ! glissa-t-il, la voilà qui revient sur le pont. »

Ardita parut en haut de l'escalier et lança involontairement un bref regard aux poignets de Carlyle. Un air intrigué se peignit un instant sur son visage. À la poupe, les Noirs s'étaient mis à chanter, et le frais lagon, revigoré par l'aube, renvoyait l'écho serein de leurs voix profondes.

« Ardita », commença Carlyle d'un ton mal assuré.

Elle fit un pas dans sa direction.

« Ardita, répéta-t-il dans un seul souffle, il faut que je te dise le... la vérité. C'était un canular, Ardita. Je ne m'appelle pas Carlyle. Je m'appelle Moreland, Toby Moreland. Toute l'histoire a été inventée, Ardita, inspirée de toutes pièces par l'air de la Floride. »

Elle le fixa, pétrifiée d'étonnement, l'incrédulité et la colère se succédant en vagues rapides sur son visage. Les trois hommes retenaient leur souffle. Moreland père fit un pas vers elle ; la bouche de Mr. Farnam s'ouvrit légèrement tandis que, pris de panique, il attendait l'inévitable explosion.

Mais elle ne se produisit pas. Le visage d'Ardita s'illumina soudain, et avec un petit éclat de rire elle rejoignit vivement le jeune Moreland, le dévisageant sans la moindre trace d'animosité dans ses yeux gris.

« Est-ce que tu me jures, lui dit-elle tranquillement, que tout cela n'était qu'un pur produit de ton cerveau ?

— Je le jure », répliqua Moreland avec fougue.

Elle attira son visage à elle et l'embrassa délicatement : « Quelle imagination ! » dit-elle doucement, presque envieuse. « Je veux que tu me mentes aussi joliment que tu sais le faire pour le restant de mes jours. »

Les voix des chanteurs noirs se remirent à flotter paresseusement, se mêlant pour reprendre un air qu'elle les avait déjà entendu chanter.

Temps, tu es un voleur ;
Les rires et les pleurs
S'accrochent à la fleur
Quand sa beauté part...

« Et qu'est-ce qu'il y avait dans les sacs ? demanda-t-elle d'une voix douce.

— De la vase de Floride. C'est l'une des deux seules choses vraies que je t'ai dites.

— Je crois que je devine la seconde », lui dit-elle ; et se hissant sur la pointe des pieds, elle l'embrassa doucement en guise d'illustration.

Bernice se coiffe à la garçonne

I

Le samedi, après la tombée de la nuit, on pouvait, posté sur la première aire de départ du terrain de golf, se figurer les fenêtres du country club comme une vaste étendue jaune sur un océan très noir et très agité. Les vagues de cet océan étaient en quelque sorte incarnées par les nombreuses têtes des caddies intrigués, celles un peu moins nombreuses des chauffeurs débrouillards, celle de la sœur sourde du golfeur professionnel ; puis on comptait en règle générale plusieurs vagues timides et égarées qui auraient pu aller déferler à l'intérieur si elles l'avaient souhaité. Celles-là constituaient les rangs du poulailler.

Les rangs du balcon se trouvaient dans le club même, formés par l'alignement des fauteuils en osier contre le mur de la salle, moitié piste de danse, moitié salon. Pour ces bals du samedi soir, le public était principalement féminin, foule cosmopolite de dames d'âge mûr au regard aiguisé et au cœur de glace derrière leur face-à-main et leur imposante poitrine. Les spectateurs du balcon jouaient avant tout un rôle critique. À l'occasion, on exprimait à contrecœur son admiration, mais jamais son approbation car, les femmes de plus de trente-cinq ans le savent bien, lorsque la jeune génération danse en été, c'est avec les plus viles intentions du monde, et si on ne les fusille pas de regards durs et froids, des couples égarés se trémoussent en intermèdes barbares dans les recoins sombres, tandis que les filles les plus populaires, et les plus dangereuses, se font parfois embrasser au parking dans les limousines appartenant à des douairières inconscientes de la situation.

Mais après tout, ce cercle de critiques n'est pas placé suffisamment près de la scène pour voir le visage des acteurs et capter leurs jeux de scène les plus subtils. Ils peuvent seulement plisser les yeux et se pencher en avant, poser des questions et tirer des conclusions qui satisfont leur stock de postulats, comme celui selon lequel tout jeune homme possédant un confortable revenu mène la vie d'une perdrix traquée. Ce cercle-là n'apprécie jamais vraiment la théâtralité du monde mouvant et vaguement cruel de l'adolescence. Non : loges, orchestre, premiers rôles et chœurs sont tenus par la foule bigarrée des visages et des voix qui ondulent au rythme plaintif des mélopées africaines jouées par l'orchestre de danse Dyer.

Du jeune Otis Ormonde, qui à seize ans doit encore passer deux années au lycée, jusqu'à

G. Reece Stoddard, dont le diplôme de droit glané à Harvard orne le mur au-dessus de son bureau, et de la petite Madeleine Hogue, encore mal habituée à l'étrange sensation d'inconfort que lui procurent ses cheveux massés au sommet de son crâne, jusqu'à Bessie McRae, qui joue les boute-en-train depuis un petit peu trop longtemps (plus de dix ans), la joyeuse troupe non seulement occupe le centre de la scène mais comprend les seuls participants qui puissent pleinement goûter le spectacle.

Un dernier trait d'orchestre, un coup de cymbale, et la musique se tait. Les couples affectent de se sourire avec le plus grand naturel et s'amusent à répéter « la-di-da-da-doum-doum », avant que les jacassements des jeunes filles ne couvrent le tonnerre d'applaudissements.

Quelques malheureux garçons venus seuls au bal, interrompus au beau milieu de la piste alors qu'ils s'apprêtaient à changer de cavalière, reprirent sans entrain leur position le long du mur, car ce n'était pas l'époque des grandes cohues du bal de Noël : ces bastringues d'été n'étaient que prétexte à s'échauffer plaisamment, puisque même les jeunes couples mariés rejoignaient la piste pour exécuter valses à l'ancienne et fox-trot endiablés sous le regard amusé et tolérant de leurs cadets.

Malheureusement pour lui, Warren McIntyre, qui suivait en dilettante ses études à Yale, faisait partie de ces invités solitaires : palpant la poche de son costume à la recherche d'une cigarette, il sortit d'un pas nonchalant dans la pénombre de la vaste terrasse, où des couples occupaient quelques tables éparses, emplissant la nuit éclairée aux lampions de paroles indistinctes et de rires vaporeux. Il salua de la tête les moins occupés d'entre eux et, lorsqu'il passait devant chaque couple, le fragment à demi oublié d'une histoire défilait dans son esprit, car ce n'était pas une grande ville et le nom de tout le monde figurait au Bottin mondain du passé de chacun. Là-bas, par exemple, c'étaient Jim Strain et Ethel Demorest, secrètement fiancés depuis trois ans. Chacun savait que le jour où Jim parviendrait à conserver un emploi plus de deux mois, elle l'épouserait. Et pourtant, comme ils avaient l'air de s'ennuyer ! Et de quel air blasé Ethel considérait parfois Jim, comme si elle se demandait pourquoi elle avait lancé le lierre de son affection à l'assaut d'un peuplier à ce point ballotté au gré des vents !

Warren avait dix-neuf ans et se montrait plutôt condescendant envers ceux de ses amis qui n'étaient pas allés étudier sur la côte est. Mais, comme la plupart des garçons, il se vantait outrageusement en parlant des jeunes filles de sa ville natale lorsqu'il s'en trouvait loin. Il y avait Genevieve Ormonde, qui faisait régulièrement la tournée des bals, fêtes familiales et matches de football à Princeton, Yale, Williams et Cornell ; il y avait les yeux noirs de Roberta Dillon, qui était aussi célèbre auprès des gens de son âge que Hiram Johnson ou Ty Cobb[1] ; et, bien sûr, il y avait Marjorie Harvey, qui, non contente d'avoir un minois de fée et une langue aussi vive qu'ensorcelante, jouissait déjà d'une réputation méritée pour avoir enchaîné cinq roues lors des grandes pompes du dernier bal annuel de Yale.

Warren, qui avait grandi dans la maison en face de celle de Marjorie, était depuis longtemps « fou d'elle ». Parfois elle semblait lui rendre la pareille avec une gratitude toute relative, mais elle lui avait fait subir son test infaillible et l'avait informé d'un air grave qu'elle ne l'aimait pas. Le fameux test consistait en ce que, lorsqu'elle était loin de lui, elle l'oubliait et sortait avec d'autres garçons. Warren trouvait cela décourageant, surtout parce que Marjorie avait fait des petits voyages durant tout l'été, et qu'il voyait, dans les deux ou trois jours suivant son retour au bercail, de grandes piles de lettres sur le petit meuble de l'entrée chez les Harvey, toutes adressées à son nom par diverses plumes masculines. Pour aggraver encore la situation, pendant tout le mois d'août, Marjorie avait reçu la visite de sa cousine Bernice, originaire de la petite ville d'Eau Claire, et il semblait impossible de se retrouver seul avec elle. Il fallait passer son temps à dénicher quelqu'un qui s'occupe de Bernice. Août touchait à sa fin, et la situation devenait de plus en plus intolérable.

Malgré toute l'admiration qu'il vouait à Marjorie, Warren devait bien admettre que la cousine Bernice était un peu godiche. Mignonne, cheveux noirs et teint vermeil, mais quelle rabat-joie !

Chaque samedi soir, il se forçait à lui accorder une longue et laborieuse danse pour complaire à Marjorie, mais il n'avait jamais rien éprouvé d'autre que de l'ennui en sa compagnie.

« Warren... » fit près de lui une voix douce interrompant sa rêverie, et il se retourna pour découvrir Marjorie, radieuse comme toujours. Elle lui posa une main sur l'épaule et une douce sensation l'envahit presque imperceptiblement.

« Warren, susurra-t-elle, fais-moi plaisir... danse avec Bernice. Voilà bientôt une heure qu'elle accapare le petit Ormonde. »

La sensation s'évanouit.

« Ma foi... je m'en occupe, répondit-il sans grand enthousiasme.

— Tu es sûr ? Je te promets qu'elle ne t'accaparera pas.

— C'est bon. »

Marjorie lui sourit, et ce sourire suffit amplement à le remercier.

« Tu es un ange, et je te revaudrai ça. »

Poussant un grand soupir, l'ange jeta un regard vers la véranda, mais pas la moindre trace de Bernice ni de son jeune cavalier. Il rentra sans hâte, et repéra Otis devant le vestiaire des femmes, au milieu d'un groupe de jeunes messieurs hilares. Le garçon brandissait un morceau de bois qu'il avait ramassé par terre et discourait, volubile.

« Elle est allée se recoiffer, claironna-t-il d'un ton surexcité, et moi je l'attends pour une deuxième heure de danse. »

Nouvel éclat de rire.

« Pourquoi il n'y en a pas un qui essaye de me la piquer ? s'écria Otis avec humeur. La petite dame aime changer de cavalier.

— Mais enfin, Otis, lui suggéra un ami, tu t'es à peine habitué à elle.

— Il sert à quoi, ce bout de bois, Otis ? s'enquit Warren, tout sourire.

— Hein ? Oh, ce truc ? C'est un club. Dès qu'elle sort de ce vestiaire, je lui donne un coup sur la tête et je la renvoie dans son trou. »

Warren s'affala sur un canapé et hurla de rire.

« C'est bon, sur ce coup-là, Otis, parvint-il finalement à articuler, je prends la relève. »

Otis feignit l'évanouissement puis tendit son bout de bois à Warren.

« Si jamais tu en as besoin, mon vieux », conclut-il d'une voix rauque.

Si belle ou intelligente soit-elle, il suffit qu'une jeune fille ait la réputation de ne jamais trouver preneur au moment de changer de cavalier pour que le bal devienne pour elle un véritable calvaire. Les garçons peuvent bien préférer sa compagnie à celle des donzelles volages qu'ils invitent à danser dix fois dans la même soirée, la jeunesse de cette génération abreuvée de jazz ne sait pas tenir en place, et la simple idée de danser plus d'un fox-trot avec la même fille est déplaisante, pour ne pas dire odieuse. Quand cela s'éternise jusqu'à inclure plusieurs danses et les intervalles entre chacune, l'infortunée peut être sûre que son cavalier, une fois libéré, ne reviendra jamais plus écraser ses orteils frivoles.

Warren resta avec Bernice durant toute la danse qui suivit puis l'entraîna jusqu'à une table sur la terrasse, pas mécontent de pouvoir enfin faire une pause. Un moment de silence s'ensuivit tandis qu'elle minaudait sans grand effet en agitant son éventail.

« Il fait plus chaud ici qu'à Eau Claire », se hasarda-t-elle.

Warren étouffa un bâillement et approuva en silence. C'était bien possible, mais qu'est-ce que ça pouvait bien lui faire ! Il se demanda — question oiseuse — si elle manquait de conversation parce que personne ne lui prêtait attention ou si personne ne lui prêtait attention parce qu'elle manquait de conversation.

« Vous comptez rester ici encore longtemps ? » lui demanda-t-il, et le rouge lui monta aux joues : elle pourrait deviner la raison de sa demande.

« Encore une semaine », répondit-elle en gardant les yeux rivés sur lui comme pour saisir au vol sa remarque suivante dès qu'elle passerait ses lèvres.

Warren se tortilla. Puis, mû par un soudain élan de charité, il décida d'essayer sur elle une de ses répliques favorites. Il lui fit face et la regarda droit dans les yeux.

« Votre bouche est terriblement désirable », commença-t-il d'un ton calme.

C'était une remarque qu'il faisait parfois aux

filles dans les bals d'étudiants, quand ils conversaient dans la même pénombre que ce soir. Bernice sursauta ostensiblement. Son visage s'empourpra sans grâce et son éventail lui échappa des mains. Personne ne lui avait jamais dit une chose pareille de toute sa vie.

« Butor !... » L'exclamation lui avait échappé avant qu'elle ne s'en rende compte, et elle se mordit la lèvre. Elle décida trop tard de prendre la chose à la plaisanterie et le gratifia d'un sourire gêné.

Warren était agacé. Même s'il ne s'attendait pas à ce qu'on prît cette remarque au sérieux, la plupart du temps elle n'en provoquait pas moins un éclat de rire, voire tout un laïus de flirt badin. Et puis il détestait qu'on le traite de butor, sauf pour rire. Son élan de charité se brisa net et il changea de sujet.

« Jim Strain et Ethel Demorest, qui boudent la piste de danse comme d'habitude », commenta-t-il.

Bernice se retrouvait en terrain connu, mais un léger regret vint teinter son soulagement de voir Warren changer de sujet. Les hommes ne lui parlaient pas de bouche désirable, mais elle savait qu'ils tenaient des propos semblables à d'autres filles.

« Oh, oui, dit-elle en riant. Si j'en crois la rumeur, cela fait des années qu'ils font traîner les choses sans le moindre sou en poche. Ridicule, n'est-ce pas ? »

Warren sentit sa répulsion monter d'un cran. Jim Strain était un ami proche de son frère, et d'une manière générale il trouvait déplacé de se gausser des gens parce qu'ils ne roulaient pas sur l'or. Mais Bernice n'avait nullement voulu se gausser. Elle était tout simplement mal à l'aise.

II

Quand Marjorie et Bernice rentrèrent chez elles à minuit et demi, elles se dirent bonsoir en haut de l'escalier. Bien que cousines, elles ne partageaient nulle complicité. À la vérité, Marjorie ne se sentait complice d'aucune autre jeune fille : à ses yeux, la gent féminine était stupide. Bernice au contraire, depuis le début de ce séjour qu'avaient arrangé leurs parents, désirait ardemment échanger ces confidences accompagnées de gloussements et de larmes où elle voyait un ingrédient indispensable à toute relation entre amies. Mais elle avait découvert qu'en la matière, Marjorie se montrait plutôt distante ; Bernice éprouvait curieusement la même difficulté à parler avec elle qu'à converser avec le sexe fort. Marjorie ne gloussait jamais, n'avait jamais peur de rien, manifestait rarement sa gêne, et pour tout dire possédait bien peu de ces qualités dont, selon sa cousine, toute femme se devait d'être dotée.

Tandis qu'elle s'affairait avec son dentifrice et sa brosse à dents ce soir-là, Bernice se demanda

pour la centième fois pourquoi personne ne
lui prêtait la moindre attention lorsqu'elle se
retrouvait loin de chez elle. Que sa famille fût
la plus riche d'Eau Claire, que sa mère donnât
d'époustouflantes réceptions, ou organisât des
dîners intimes pour sa fille avant chaque soirée
de bal, qu'elle lui eût offert une voiture pour son
propre usage, rien de tout cela ne justifiait à ses
yeux qu'elle pût être la coqueluche de la petite
bourgade. Comme la plupart des jeunes filles,
on l'avait nourrie du bon lait chaud concocté
par Annie Fellows Johnston[2] et de romans où la
femme était adulée pour certaines mystérieuses
qualités féminines dont on parlait toujours mais
qu'on ne montrait jamais.

Bernice éprouvait une vague tristesse de ne pas
se trouver à présent en position de plaire à tout le
monde. Elle ignorait que sans les efforts de Marjorie en sa faveur, elle aurait passé sa soirée à
danser au bras d'un seul homme ; mais elle savait
aussi que même à Eau Claire, d'autres filles de
plus basse extraction et moins bénies d'Aphrodite
jouissaient d'une bien plus grande popularité. Elle
attribuait cela à quelque subtil manque de scru-
pule chez ces demoiselles. Cela ne l'avait jamais
inquiétée, et dans le cas contraire sa mère l'aurait
assurée que ces autres filles se galvaudaient et
que les hommes respectaient véritablement les
femmes de la trempe de Bernice.

Elle éteignit la lumière dans la salle de bains,
puis décida sur un coup de tête d'aller rejoindre

sa tante Josephine pour bavarder avec elle un moment, puisque les lampes brillaient encore dans ses appartements. Ses chaussons à semelles souples la conduisirent sans bruit à l'autre extrémité du couloir recouvert de moquette, mais en percevant des voix dans la chambre elle s'arrêta à proximité et entrouvrit la porte. C'est alors qu'elle entendit son propre prénom, et sans avoir véritablement l'intention d'espionner, s'attarda sur le seuil... et là, le fil de la conversation qui se déroulait à l'intérieur transperça douloureusement sa conscience, comme si on l'y avait fait pénétrer à l'aide d'une aiguille.

« Bernice est une véritable catastrophe ambulante ! disait la voix de Marjorie. Oh, je sais ce que tu vas me répondre ! Tout le monde t'a dit combien elle était mignonne, et gentille, et bonne cuisinière avec ça ! Et alors ? Elle s'ennuie à cent sous de l'heure. Les hommes ne l'aiment pas.

— Que peut bien valoir une popularité de pacotille ? répondit Mrs. Harvey, agacée.

— Tout l'or du monde quand on a dix-huit ans, déclara Marjorie avec grandiloquence. J'ai fait tout ce que j'ai pu. Je me suis montrée polie et j'ai forcé des garçons à danser avec elle, mais ils n'en peuvent plus de mourir d'ennui. Quand je pense aux reflets sublimes de cette coloration : quel gâchis sur cette petite dinde ! Et quand je pense ce que Martha Carey pourrait faire avec des cheveux pareils... oh !

— De nos jours, la courtoisie n'existe plus. »

Au ton de sa voix, Mrs. Harvey laissait entendre que les choses de la vie moderne la dépassaient. De son temps, toutes les jeunes filles de bonne famille s'amusaient follement.

« Eh bien, de nos jours aucune fille ne peut servir en permanence de béquille à un canard boiteux, parce que de nos jours c'est chacune pour soi. J'ai même essayé de lui faire comprendre discrètement un certain nombre de choses en lui parlant chiffons, mais ça la met hors d'elle et elle me jette des regards bizarres. Elle n'est pas insensible au point de ne pas voir qu'elle ne récolte que des miettes, mais je parie qu'elle se console en se trouvant très vertueuse et en m'estimant trop volage et trop gaie pour ne pas mal finir. Toutes les filles impopulaires pensent la même chose. Pur dépit ! Quand elle parle de Genevieve, de Roberta et de moi, Sarah Hopkins nous traite de "dames aux gardénias[3]" ! Je parie qu'elle donnerait dix années de sa vie et toute son éducation en Europe pour en être une elle aussi, avoir trois ou quatre soupirants et passer sans arrêt des bras d'un cavalier à un autre quand elle va danser.

— Il me semble, l'interrompit Mrs. Harvey d'un ton las, que tu devrais trouver moyen de faire quelque chose pour Bernice. Je sais qu'elle n'est pas vraiment boute-en-train.

— Boute-en-train ! s'étrangla Marjorie. Seigneur Dieu ! Je ne l'ai jamais entendue dire le moindre mot à un garçon sauf qu'on étouffe ici, ou que la piste est bondée, ou qu'elle va partir étudier à New York l'an prochain. Il lui arrive de leur demander quel modèle de voiture ils conduisent et de leur révéler la marque de la sienne. Palpitant ! »

Un bref silence s'ensuivit, avant que Mrs. Harvey n'entonne à nouveau son refrain : « Moi, tout ce que je sais, c'est que d'autres filles bien moins gentilles et jolies qu'elle trouvent des compagnons. Tiens, Martha Carey par exemple : elle est grosse, elle parle fort, et sa mère manque cruellement d'éducation. Ou Roberta Dillon, qui est si maigre cette année qu'il lui faudrait un séjour dans l'Arizona[4]. Elle va finir par se tuer à force de danser.

— Mais maman, objecta Marjorie avec impatience, Martha est pleine d'entrain, bigrement spirituelle, et elle n'a pas sa langue dans sa poche ; quant à Roberta, elle danse à merveille. Ça fait des lustres qu'elle est la reine du bal ! »

Mrs. Harvey émit un bâillement.

« Moi je crois que tout provient de ce sang indien qui coule dans les veines de Bernice, poursuivit Marjorie. Peut-être que c'est un cas de réversion au type primitif. Les squaws indiennes passaient leur temps assises en cercle à ne rien dire.

— Va donc te coucher, petite idiote, s'esclaffa Mrs. Harvey. Si j'avais su que tu t'en souviendrais, je ne t'aurais jamais parlé de ça. Et je trouve la plupart de tes idées parfaitement ridicules », conclut-elle, gagnée par le sommeil.

Un nouveau silence s'établit, durant lequel

Marjorie se demanda s'il valait la peine de vouloir convaincre sa mère. Passé la quarantaine, les gens se laissent rarement convaincre de quoi que ce soit. À dix-huit ans, nos convictions sont des collines du haut desquelles nous regardons le monde ; à quarante-cinq, des cavernes où nous nous en cachons.

Ayant ainsi réglé la question, Marjorie souhaita bonne nuit. Lorsqu'elle pénétra dans le couloir, il était désert.

III

Marjorie prenait un petit déjeuner tardif le lendemain matin lorsque Bernice fit son entrée dans la pièce en disant bonjour d'un air passablement guindé, s'assit face à sa cousine, riva son regard sur elle et s'humecta légèrement les lèvres.

« À quoi penses-tu ? » s'enquit Marjorie, vaguement intriguée.

Bernice attendit un instant avant de lancer sa grenade.

« J'ai entendu ce que tu as dit de moi à ta mère hier soir. »

Marjorie sursauta intérieurement, mais ne laissa voir qu'une légère rougeur et sa voix garda son calme lorsqu'elle reprit la parole.

« Où étais-tu ?

— Dans le couloir. Je n'avais pas l'intention d'écouter à la porte... au départ. »

Après lui avoir jeté involontairement un regard plein de mépris, Marjorie baissa les yeux et reporta tout son intérêt sur un flocon de maïs qu'elle tentait de faire tenir en équilibre au bout de son doigt.

« Je pense que je ferais mieux de rentrer à Eau Claire — si j'embête tout le monde à ce point, dit Bernice dont la lèvre inférieure tremblait violemment. J'ai essayé d'être gentille, poursuivit-elle d'une voix chancelante, et… et d'abord on m'a ignorée, et ensuite insultée. Jamais mes invitées ne se sont fait traiter de la sorte ! »

Marjorie gardait le silence.

« Mais je vois bien que je gêne. Je t'enquiquine. Tes amis ne m'aiment pas. » Elle s'interrompit, puis se rappela un autre de ses griefs. « Bien sûr que j'étais furieuse la semaine dernière quand tu as essayé de me faire comprendre à mots couverts que cette robe ne m'allait pas bien. Tu me crois donc incapable de m'habiller ?

— Non, marmonna Marjorie d'une voix à peine audible.

— Comment ?

— Je n'ai rien dit à mots couverts, fit sèchement Marjorie. J'ai dit, si j'ai bonne mémoire, qu'il valait mieux porter une robe seyante trois soirs de suite que de vouloir alterner avec deux horribles tenues.

— Et tu crois que c'était gentil de dire une chose pareille ?

— Je n'essayais pas d'être gentille. (Un temps, puis elle reprit.) Quand veux-tu partir ? »

Bernice prit une brusque inspiration.

« Oh ! » fit-elle dans un petit cri étouffé.

Marjorie leva les yeux, surprise.

« N'as-tu pas parlé de t'en aller ?

— Oui, mais...

— Ah bon ! Ce n'était que du bluff ! »

Elles se dévisagèrent un moment de part et d'autre de la table. Des vagues de brume envahissaient le regard de Bernice, tandis que le visage de Marjorie gardait cette expression de dureté qu'elle arborait lorsque de jeunes blancs-becs éméchés lui faisaient la cour.

« Alors, c'était bien du bluff », répéta-t-elle comme si elle n'attendait pas autre chose de Bernice.

Celle-ci le reconnut en éclatant en sanglots. Les yeux de Marjorie ne cachèrent pas sa lassitude.

« Tu es ma cousine, disait Bernice en pleurnichant. Je te rends vi-vi-visite. J'étais censée rester un mois, et si je rentre à la maison ma mère comprendra et elle se de-de-demandera... »

Marjorie attendit que l'avalanche de mots balbutiés le cède à de petits reniflements.

« Je te donnerai mon argent de poche du mois, dit-elle froidement, et tu pourras passer cette dernière semaine où tu voudras. Il y a un joli petit hôtel... »

Les sanglots de Bernice s'envolèrent dans l'aigu et, se levant brusquement, elle quitta la pièce sans demander son reste.

Une heure plus tard, alors que Marjorie se

trouvait dans la bibliothèque où elle composait l'une de ces lettres évasives et merveilleusement insaisissables que seule une jeune fille peut écrire, Bernice réapparut, les yeux très rouges, s'efforçant de garder son calme. Elle ne jeta pas le moindre regard à Marjorie, mais prit un livre au hasard sur les rayonnages et s'installa comme pour lire. Marjorie semblait absorbée dans sa lettre et continuait d'écrire. Quand la pendule indiqua midi, Bernice referma son livre bruyamment.

« Je suppose que je ferais mieux d'aller m'acheter un billet de train. »

Ce n'était pas le début de la tirade qu'elle avait répétée à l'étage, mais comme Marjorie ne saisissait pas les signaux qu'elle lui adressait — ne l'incitait nullement à se montrer raisonnable ; allons tout cela n'est qu'un quiproquo —, c'était la meilleure entrée en matière qu'elle ait eu le cran de prononcer.

« Attends que j'aie fini cette lettre, lui répliqua Marjorie sans lever les yeux. Je veux qu'elle parte au prochain courrier. »

Au bout d'une minute, durant laquelle sa plume griffonna sans discontinuer, elle se retourna et s'amadoua, son air semblant dire : « À ton service. » Une fois de plus, Bernice se sentit obligée de dire quelque chose.

« Tu veux que je retourne chez moi ?

— Ma foi, fit Marjorie en considérant la question, j'imagine que si tu ne t'amuses pas, tu ferais aussi bien de t'en aller. Rien ne sert d'être malheureuse.

— Ne crois-tu pas qu'un peu de compassion…

— Oh, par pitié ! ne me cite pas *Les Quatre Filles du docteur March* ! s'écria sans ménagement Marjorie, c'est complètement passé de mode.

— Tu trouves ?

— Seigneur, mais bien sûr ! Quelle jeune fille moderne pourrait mener la vie de ces femmes ineptes ?

— C'étaient les modèles de nos mères.

— Mais oui, s'esclaffa Marjorie, des modèles… mon œil ! Et puis, nos mères étaient très bien dans leur genre, mais elles ne comprennent rien aux problèmes de leurs filles. »

Bernice se dressa sur ses ergots.

« Ne parle pas de ma mère, s'il te plaît !

— Je ne crois pas l'avoir mentionnée », lui répliqua Marjorie en lui riant au nez.

Bernice sentait confusément qu'on l'éloignait du sujet.

« Tu crois que tu m'as traitée comme il faut ? attaqua-t-elle de nouveau.

— J'ai fait de mon mieux. Tu n'es pas très malléable, comme matériau. »

Les paupières de Bernice virèrent au rouge.

« Je te trouve dure et égoïste, et puis tu n'as aucune qualité féminine.

— Oh mon Dieu ! s'écria Marjorie au désespoir, pauvre petite imbécile ! Ce sont les filles de ton espèce qui sont la cause de tous les mariages moroses et sans relief, de toutes ces incompétences abyssales qui passent pour des qualités féminines. Quel choc ce doit être pour un homme plein d'imagination qui épouse le joli paquet de vêtements autour duquel il a échafaudé des rêves d'idéal de n'y découvrir qu'un ramassis de chichis apeurés et de simagrées geignardes ! »

La bouche de Bernice s'était mise à béer.

« La femme féminine ! poursuivit Marjorie. Elle consacre toute sa jeunesse à critiquer en pleurnichant des filles qui, comme moi, prennent véritablement du bon temps. »

La mâchoire de Bernice s'abaissait à mesure que montait la voix de Marjorie.

« On peut trouver des excuses à un laideron qui pleurniche. Moi, si j'avais été laide à faire peur, je n'aurais jamais pardonné à mes parents de m'avoir mise au monde. Mais toi, tu commences ta vie sans le moindre handicap... (Le petit poing de Marjorie se serra.)... Si tu crois que je vais m'apitoyer sur ton sort, attends-toi à être déçue. Tu peux partir ou rester, comme bon te semble. » Et là-dessus, elle ramassa ses lettres et quitta la pièce.

Prétextant un mal de tête, Bernice manqua le déjeuner. Elles devaient retrouver des garçons au théâtre cet après-midi-là, mais le mal de tête persistait, et Marjorie offrit une explication à un galant fort peu déçu. Mais lorsqu'elle rentra en fin de journée, elle trouva Bernice qui, l'air étrangement résolu, l'attendait dans sa chambre.

« J'ai décidé, commença-t-elle sans préambule,

de t'accorder que tu as peut-être raison... ou pas. Mais si tu me dis pourquoi tes amis ne... ne s'intéressent pas à moi, je verrai si je peux faire ce que tu voudras que je fasse. »

Marjorie se tenait devant le miroir et dénouait ses cheveux.

« Tu parles sérieusement ?

— Oui.

— Sans arrière-pensées ? Tu feras exactement tout ce que je dis ?

— Ma foi, je...

— Ma foi rien du tout ! Feras-tu exactement tout ce que je dis ?

— Si c'est raisonnable.

— Pas du tout ! Dans ton cas, il ne s'agit pas d'être raisonnable !

— Est-ce que tu vas faire... me recommander...

— Oui, absolument tout. Si je te dis de prendre des leçons de boxe, il faudra que tu le fasses. Écris à ta mère pour lui dire que tu vas rester encore deux semaines.

— Si tu me dis...

— Bon d'accord, laisse-moi te donner quelques exemples tout de suite. Tout d'abord, tu manques d'aisance. Pourquoi ? Parce que tu n'es jamais sûre de ton apparence physique. Quand une jeune fille se sent parfaitement bien habillée et pomponnée, elle peut se permettre d'oublier cet aspect-là de sa personne. C'est ça, le charme. Plus tu parviens à oublier d'aspects de ta personne, plus tu as du charme.

— Mon apparence n'est pas comme il faut ?

— Non. Par exemple, tu ne prends jamais soin de tes sourcils. Ils sont noirs et brillants, mais comme tu les laisses pousser dans tous les sens, ils se transforment en défaut. Ils seraient beaux si tu en prenais soin ne serait-ce que pendant un dixième du temps que tu passes à ne pas t'en occuper. Tu vas les peigner pour qu'ils poussent bien droit. »

Bernice haussa les sourcils en question.

« Tu veux dire que les hommes font attention aux sourcils ?

— Oui, inconsciemment. Et quand tu rentreras chez toi, il faudra que tu te fasses redresser un peu les dents. C'est presque imperceptible, et pourtant...

— Mais je croyais, l'interrompit Bernice ahurie, que tu méprisais toutes les petites afféteries féminines de ce genre.

— Je déteste que l'esprit s'encombre d'afféteries, répliqua Marjorie, mais une jeune fille doit être jolie de sa personne. Si elle est belle comme un astre, elle peut parler de la Russie, du ping-pong ou de la Société des Nations sans ennuyer personne.

— Quoi d'autre ?

— Oh, je ne fais que commencer ! Il y a ta façon de danser.

— Je ne danse pas comme il faut ?

— Non, pas du tout — tu t'appuies sur ton cavalier ; si, si, je t'assure — c'est à peine perceptible. Je m'en suis aperçue quand nous dansions ensemble hier soir. Et puis tu danses raide comme un piquet au lieu de te pencher légèrement en avant. Sans doute une vieille dame qui n'était plus dans le coup t'a-t-elle un jour dit que cela donnait l'air tellement digne. Mais sauf s'il danse avec une petite fille, c'est beaucoup plus fatigant pour ton cavalier, et c'est lui seul qui compte.

— Continue, souffla Bernice, ébranlée.

— Eh bien, il faut que tu apprennes à faire preuve d'égards envers les chevaliers à la triste figure. Tu prends l'air offusqué chaque fois que tu te retrouves avec un autre garçon que ceux qui sont les plus populaires. Mais justement, Bernice, moi on m'arrache sans cesse des bras de mon cavalier, et qui fait cela le plus souvent ? Eh bien, justement, les cavaliers à la triste figure ! Aucune fille ne peut se permettre de les négliger. Ils constituent la majeure partie des invités, en général. Les jeunes hommes trop timides pour parler offrent la meilleure occasion de pratiquer l'art de la conversation, les garçons empotés la meilleure occasion de pratiquer l'art de la danse. Si tu parviens à les suivre tout en restant gracieuse, alors tu pourras suivre un tank miniature à travers un gratte-ciel en barbelés. »

Bernice poussa un profond soupir, mais Marjorie n'en avait pas terminé.

« Si tu vas au bal et que tu réussis vraiment à distraire, disons, trois cavaliers à la triste figure sur la piste de danse, si tu leur parles avec tant de grâce qu'ils oublient qu'ils se retrouvent à ton bras contre leur gré, alors tu auras accompli des prodiges. Ils reviendront la fois suivante, et petit à petit ces cavaliers à la triste figure seront si nombreux à te vouloir pour cavalière que les beaux garçons ne verront plus aucun risque à se retrouver avec toi — et là, ils t'inviteront à danser.

— Oui, acquiesça Bernice sans conviction, je crois que je commence à comprendre.

— Et pour finir, conclut Marjorie, l'assurance et le charme viendront tout naturellement. Tu te réveilleras un beau matin consciente de les avoir acquis, et les hommes en auront conscience eux aussi.

— C'est vraiment très gentil de ta part, dit Bernice en se levant, mais personne ne m'a jamais parlé de la sorte auparavant, et je suis un peu interloquée. »

Marjorie ne répondit rien mais contempla son propre reflet dans le miroir, pensive.

« C'est vraiment chou de m'aider comme tu le fais », poursuivit Bernice.

Mais Marjorie ne répondait toujours pas, et Bernice pensa qu'elle avait montré trop de reconnaissance.

« Je sais que tu n'aimes pas les bons sentiments, dit-elle timidement.

— Oh ! ce n'est pas à ça que je pensais, fit Marjorie en se tournant vivement vers elle. Je me

demandais si on ne ferait pas mieux de te coiffer
à la garçonne. »

Bernice tomba à la renverse sur le lit.

IV

Le mercredi soir suivant, on donnait un dîner
dansant au country club. Lorsque les invités
gagnèrent nonchalamment la table, Bernice
ressentit un brin d'agacement en découvrant le
carton portant son nom. Bien qu'à sa droite se
trouvât G. Reece Stoddard, un jeune célibataire
des plus désirables et distingués, l'homme stra-
tégiquement placé à sa gauche[5] n'était hélas que
Charley Paulson. Charley n'avait ni la taille, ni
la beauté, ni le savoir-vivre adéquats, et, forte
de ses nouvelles lumières, Bernice décida que
le seul titre auquel il pouvait prétendre pour lui
tenir compagnie tenait à ce qu'il ne s'était jamais
retrouvé avec elle contre son gré. Mais son agacement disparut avec la dernière assiette de soupe,
et les leçons prodiguées spécialement par Marjorie lui revinrent à l'esprit. Ravalant sa fierté, elle
se tourna vers Charley Paulson et se jeta à l'eau.

« Pensez-vous que je devrais me coiffer à la garçonne, Mr. Charley Paulson ? »

Charley la dévisagea, surpris.

« Pourquoi donc ?

— Parce que j'y songe. C'est un moyen si sûr et
facile d'attirer l'attention. »

Charley sourit, affable. Il ne pouvait deviner que cette scène avait été répétée. Il répondit qu'il ne savait pas grand-chose sur les coiffures modernes. Mais Bernice était là pour le renseigner.

« Je veux devenir une véritable vamp », lui annonça-t-elle de sang-froid, avant de l'informer qu'une coupe à la garçonne était le préliminaire requis. Elle ajouta qu'elle souhaitait lui demander son avis, car elle avait entendu dire qu'il se montrait toujours très critique au sujet des jeunes filles.

Charley, qui en savait autant sur la psychologie féminine que sur les états mentaux des bouddhistes contemplatifs, se sentit vaguement flatté.

« Alors j'ai décidé », poursuivit-elle en haussant la voix d'un cran, « qu'au début de la semaine prochaine j'allais faire une descente chez le coiffeur du Sevier Hotel, prendre le premier fauteuil venu et me faire coiffer à la garçonne. » Elle hésita, s'apercevant qu'autour d'elle les invités avaient interrompu leurs conversations et prêtaient l'oreille ; mais après une seconde de confusion, les conseils de Marjorie firent leur effet, et elle acheva son couplet en s'adressant à tout son voisinage : « Naturellement, l'entrée sera payante, mais si vous venez tous m'encourager je distribuerai des billets de faveur pour les places à l'intérieur. »

Une cascade de rires approbateurs parcourut l'assistance, et G. Reece Stoddard en profita discrètement pour se pencher et lui glisser à l'oreille : « Je réserve une loge dès maintenant. »

Elle plongea ses yeux dans les siens et sourit comme s'il avait dit quelque chose d'incomparablement brillant.

« Vous êtes une adepte de la coupe à la garçonne ? lui demanda G. Reece avec le même sous-entendu.

— Je trouve que c'est immoral, affirma Bernice le plus sérieusement du monde, mais naturellement, les gens, il faut soit les faire rire, soit les nourrir, soit les offenser. » Marjorie avait emprunté cette réplique à Oscar Wilde. Elle déclencha une nouvelle cascade de rires chez les hommes et une série de petits coups d'œil attentifs chez les jeunes filles. La seconde d'après, comme si elle n'avait rien dit de spirituel ni d'important, Bernice se tourna de nouveau vers Charley et lui chuchota au creux de l'oreille : « Je veux vous demander votre opinion sur plusieurs personnes. Je présume que vous savez merveilleusement juger les caractères. »

Charley éprouva un léger frisson de plaisir, et lui fit un compliment subtil en lui renversant son verre d'eau.

Deux heures plus tard, tandis que Warren McIntyre patientait dans le coin des invités solitaires et observait les danseurs d'un air détaché tout en se demandant où et au bras de qui Marjorie s'était éclipsée, une sensation toute nouvelle s'insinua peu à peu en lui : l'impression que Bernice, la

cousine de Marjorie, avait changé de cavalier plusieurs fois au cours des cinq dernières minutes.
Il ferma les yeux, les rouvrit et regarda de nouveau. Quelques minutes auparavant, elle dansait
avec un jeune homme en visite, ce qui s'expliquait
aisément : un visiteur ne se serait pas méfié. Mais
voilà qu'à présent, elle dansait avec quelqu'un
d'autre, et là-bas, Charley Paulson fondait droit
sur elle, l'œil pétillant d'une détermination pleine
d'enthousiasme. Bizarre — Charley invitait rarement plus de trois filles dans une soirée.

Warren éprouva une vive surprise lorsque — le
changement de cavalier ayant eu lieu — l'homme
délivré se révéla n'être autre que G. Reece Stoddard en personne. Et G. Reece Stoddard ne
semblait nullement jubiler d'être délivré. Quand
Bernice passa en dansant près de lui, Warren la
considéra attentivement. Oui, elle était mignonne,
vraiment très mignonne ; et ce soir son visage
semblait effectivement plein d'entrain. Elle arborait cette expression qu'aucune femme, quels
que soient ses talents d'actrice, ne peut réussir à
feindre : elle avait l'air de s'amuser follement. Il
aimait la façon dont elle avait arrangé sa coiffure,
se demandait si c'était de la brillantine qui leur
donnait cet éclat. Et cette robe lui allait à merveille — d'un rouge sombre qui faisait ressortir
ses yeux pleins de mystère et son teint radieux. Il
se rappela qu'il l'avait trouvée jolie en la rencon-
trant pour la première fois, avant de comprendre
qu'elle était ennuyeuse. Dommage — les filles

barbantes sont insupportables — mais elle était jolie, incontestablement.

Les détours de sa pensée le ramenèrent à Marjorie. Cette éclipse serait comme toutes les autres. Lorsqu'elle reparaîtrait, il lui demanderait où elle était allée ; on lui répondrait sans ménagement que ce n'était pas ses affaires. Quel dommage qu'elle ait une telle confiance en lui ! Elle se complaisait dans la certitude qu'aucune autre fille de tout ce beau monde ne l'intéressait ; elle le défiait de tomber amoureux de Genevieve ou de Roberta.

Warren soupira. Le chemin menant à l'affection de Marjorie était un véritable labyrinthe. Il leva les yeux. Bernice dansait derechef avec le jeune visiteur. Sans en avoir pleine conscience, il fit un pas dans sa direction, puis hésita. Il se dit alors qu'il agissait par charité. Il s'avança vers elle — se cogna soudain contre G. Reece Stoddard.

« Désolé », fit Warren.

Mais G. Reece ne s'était pas arrêté pour s'excuser. Il avait de nouveau enlevé Bernice à son cavalier.

Cette nuit-là, à 1 heure du matin, Marjorie, une main posée sur l'interrupteur du couloir, se retourna pour regarder une dernière fois les yeux étincelants de Bernice.

« Alors, ça a marché ?

— Oh, Marjorie, oui ! s'écria Bernice.

— J'ai vu que tu prenais du bon temps.

— Ah çà, oui ! Le seul problème, c'est que vers minuit j'ai commencé à ne plus savoir quoi dire. J'ai dû me répéter — avec des hommes différents, naturellement. J'espère qu'ils ne vont pas comparer leurs notes.

— Les hommes ne font jamais ça, bâilla Marjorie, et puis ça n'aurait pas la moindre importance : ils penseraient que tu es encore plus roublarde. »

Elle éteignit la lumière, et lorsqu'elles commencèrent à gravir l'escalier, Bernice empoigna la rampe avec gratitude : pour la première fois de sa vie on l'avait fait danser jusqu'à l'épuisement.

« Tu vois, reprit Marjorie en haut des marches, un homme en voit un autre t'arracher au bras de ton cavalier et il se dit qu'il y a anguille sous roche. Allez, on combinera d'autres tours demain. Bonne nuit.

— Bonne nuit. »

Tandis qu'elle défaisait sa coiffure, Bernice fit défiler la soirée devant ses yeux. Elle avait suivi les instructions à la lettre. Même lorsque Charley Paulson était venu danser avec elle pour la huitième fois, elle avait feint l'enchantement et s'était apparemment montrée intéressée et flattée. Elle n'avait pas dit un seul mot du climat propre à Eau Claire, ni des automobiles, ni de ses études, mais sa conversation s'en était tenue à moi, vous, et nous deux.

Mais quelques minutes avant qu'elle ne s'endorme, une pensée rebelle tournait et retournait dans son cerveau ensommeillé : après tout, c'était elle qui avait accompli tout cela. Certes, Marjorie lui avait mis les mots dans la bouche, mais Marjorie ne tirait-elle pas sa conversation des livres qu'elle lisait ? C'est Bernice qui avait acheté la robe rouge, même si elle ne lui avait guère accordé de valeur avant que Marjorie ne la récupère au fond de sa malle — et c'est sa propre voix qui avait prononcé les mots, ses propres lèvres qui avaient souri, ses propres pieds qui avaient dansé. Marjorie, une gentille fille... vaniteuse, malgré tout... belle soirée... beaux garçons... comme Warren... Warren... Warren... comment, déjà ?... Warren...

Elle s'endormit.

V

Pour Bernice, la semaine suivante fut une révélation. Le sentiment que les gens appréciaient véritablement son physique et sa conversation lui donna de l'aplomb. Il y eut naturellement de nombreuses erreurs au début. Ainsi, par exemple, elle ignorait que Draycott Deyo se préparait à entrer dans les ordres ; elle n'avait pas compris qu'il lui avait accordé une danse parce qu'il la trouvait discrète et réservée. L'eût-elle su, elle ne l'aurait pas abordé en le gratifiant d'un « Salut, Grand Obusier ! » avant de continuer en lui racontant l'histoire de la baignoire : « Ça me demande une énergie considérable de m'arranger les cheveux en été — ils sont tellement longs — alors je commence par les coiffer avant de me poudrer et de mettre mon chapeau ; ensuite seulement j'entre dans la baignoire, et je m'habille après. Vous ne trouvez pas que c'est la meilleure façon de procéder ? »

Bien que Draycott Deyo fût aux prises avec les pires difficultés pour comprendre le baptême par immersion et qu'il eût peut-être pu voir là un lien, force est d'admettre que tel ne fut pas le cas. Il tenait le bain des femmes pour un sujet immoral, et fit part à Bernice de quelques-unes de ses idées sur la dépravation de la société moderne.

Mais en contrepartie de cet épisode malencontreux, elle put compter à son crédit plusieurs succès éclatants. Le petit Otis Ormonde trouva une excuse pour annuler un voyage en Nouvelle-Angleterre et décida à la place de suivre Bernice avec le dévouement d'un caniche, pour le plus grand amusement de sa clique et à l'agacement de G. Reece Stoddard, dont plusieurs visites à l'heure du thé furent gâchées par la répugnante tendresse des regards qu'Otis lançait à la jeune fille. Il alla même jusqu'à lui raconter l'histoire du morceau de bois et du vestiaire des femmes pour lui montrer la terrible erreur de jugement qu'il avait, comme tous les autres, d'abord commise à son égard. Bernice écarta cet incident d'un éclat de rire accompagné d'un léger sentiment d'angoisse.

Parmi le bavardage de Bernice, sans doute la réplique la plus fameuse et la plus appréciée de tous concernait-elle son intention de se faire coiffer à la garçonne.

« Oh, Bernice ! c'est pour quand, cette coupe à la garçonne ?

— Après-demain, peut-être, répondait-elle toujours en riant. Vous viendrez me voir ? Parce que je compte sur vous, vous savez.

— Si on viendra ? Tu sais bien que oui ! Mais tu ferais mieux de ne pas tarder ! »

Bernice, dont les intentions capillaires étaient tout bonnement déshonorantes, éclatait de rire à nouveau.

« C'est pour bientôt. Vous n'en reviendrez pas. »

Mais peut-être le symbole le plus éclatant de sa réussite était-il la voiture grise du très exigeant Warren McIntyre, garée chaque jour devant la maison des Harvey. La domestique ne cacha d'abord pas son étonnement lorsqu'il demanda à voir Bernice plutôt que Marjorie ; après une semaine du même rituel, elle confia à la cuisinière que Miss Bernice avait mis le grappin sur le galant à Miss Marjorie.

Et c'est bien ce qu'avait fait Miss Bernice. Peut-être tout commença-t-il avec le désir qu'avait éprouvé Warren de rendre Marjorie jalouse ; ou peut-être étaient-ce les inflexions familières, bien qu'inconscientes, propres à Marjorie qui émaillaient la conversation de Bernice ; ou peut-être s'agissait-il encore des deux en même temps, à quoi s'ajouta un soupçon d'attirance véritable. Mais sans besoin d'explication, le cercle de la jeunesse sut en moins d'une semaine que le soupirant le plus éprouvé de Marjorie avait effectué une spectaculaire volte-face et faisait indiscutablement la cour à l'invitée de la jeune fille. La grande question du moment consistait à se demander comment Marjorie allait le prendre. Warren appelait Bernice au téléphone deux fois par jour, lui envoyait des billets, et on les voyait fréquemment ensemble dans le roadster du jeune homme, de toute évidence absorbés dans une de ces conversations importantes et tendues où il était question de savoir s'il était ou non sincère.

Taquinée sur le sujet, Marjorie se contenta de rire. Elle se déclara sacrément contente que Warren ait enfin trouvé quelqu'un pour l'apprécier vraiment. La jeunesse trouva donc cela drôle, elle aussi, s'imagina que Marjorie ne se souciait pas de la situation et n'en parla plus.

Un après-midi, alors qu'il ne restait que trois jours avant son départ, Bernice attendait dans l'entrée la venue de Warren, qui devait l'emmener faire une partie de bridge. Elle se sentait d'humeur plutôt béate, et lorsque Marjorie — qui devait se joindre à eux — fit son apparition à ses côtés et se mit à rajuster tranquillement son chapeau devant le miroir, Bernice était à mille lieues d'imaginer quelque affrontement que ce fût. Marjorie lui régla son compte le plus froidement et le plus rapidement du monde, en trois petites phrases.

« Tu ferais aussi bien d'oublier Warren, attaqua-t-elle, glaciale.

— Hein ? fit Bernice sous le coup de l'étonnement.

— Tu ferais aussi bien d'arrêter de te couvrir de ridicule auprès de Warren McIntyre. Il se soucie de toi comme d'une guigne. »

L'espace d'un bref affrontement, elles se considérèrent l'une l'autre — Marjorie méprisante, hautaine ; Bernice abasourdie, mi-furieuse, mi-apeurée. C'est alors que deux voitures vinrent se garer devant la maison, faisant entendre un concert de klaxons. Les deux jeunes filles sursautèrent légèrement, se retournèrent et se précipitèrent dehors au coude à coude.

Durant toute la partie de bridge, Bernice s'efforça en vain de réprimer un malaise grandissant. Elle avait blessé Marjorie, la sphinge des sphinges. Armée des intentions les plus saines et les plus innocentes du monde, elle avait volé la propriété de Marjorie. Elle se sentait soudain horriblement coupable. À l'issue de la partie, tandis qu'assis en cercle ils se détendaient en parlant de tout et de rien, l'orage se déclara peu à peu. Le petit Otis Ormonde précipita les choses sans le vouloir.

« Quand est-ce que tu retournes à la maternelle, Otis ? avait demandé quelqu'un.

— Moi ? Le jour où Bernice se fera sa coupe à la garçonne.

— Alors tu peux dire adieu à ton éducation, intervint Marjorie rapide comme l'éclair, parce que ce n'est rien qu'un coup de bluff de sa part. Je pensais que vous auriez compris.

— C'est vrai, ça ? » demanda Otis en décochant un regard plein de reproche à Bernice.

La jeune fille sentit des picotements lui envahir les oreilles tandis qu'elle tentait d'inventer une réplique qui fasse mouche. Confrontée à cette attaque directe, son imagination restait paralysée.

« Le monde regorge de gens qui bluffent, continua Marjorie sur un ton badin. Je pensais que tu étais assez jeune pour savoir ça, Otis.

— Ma foi, c'est peut-être vrai. Mais, mince ! avec un sens de la repartie comme celui de Bernice...

— Ah oui ? bâilla Marjorie. Et quel est son dernier bon mot ? »

Apparemment, personne n'en savait rien. En fait, Bernice, qui avait pris du bon temps avec le soupirant de sa muse, n'avait rien dit de mémorable ces derniers temps.

« Est-ce que ce n'était vraiment rien d'autre qu'une repartie ? » demanda Roberta, curieuse.

Bernice hésita. Elle sentait bien qu'on attendait d'elle un trait d'esprit quelconque, mais sous le regard soudain glacial de sa cousine elle perdait complètement ses moyens.

« Je ne sais pas, se déroba-t-elle.

— Frimeuse ! fit Marjorie. Reconnais-le ! »

Bernice vit que le regard de Warren s'était détaché d'un ukulélé qu'il gratouillait et que ses yeux restaient rivés sur elle d'un air interrogateur.

« Oh, je ne sais pas ! répéta-t-elle sans se démonter, les joues en feu.

— Frimeuse ! insista Marjorie.

— Ressaisis-toi, Bernice, l'enjoignit Otis, et envoie-la sur les roses ! »

Les yeux de Bernice firent une fois de plus le tour de la pièce. Elle semblait incapable d'échapper au regard de Warren.

« J'aime bien la coupe à la garçonne », fit-elle précipitamment, comme s'il lui avait posé une question, « et j'ai bien l'intention de m'en faire faire une.

— Quand donc ? lui demanda Marjorie.

— N'importe quand.

— Et pourquoi pas tout de suite ? suggéra Roberta.

— Voilà qui est parler ! s'exclama Otis en se levant soudain. Assez tergiversé, coupons court ! Le salon de coiffure du Sevier Hotel, si je me souviens bien. »

L'instant d'après, tout le monde était debout. Le cœur de Bernice battait à tout rompre.

« Comment ça ? » s'étrangla-t-elle.

La voix de Marjorie s'éleva parmi le groupe, claire et pleine de mépris : « Ne vous en faites pas… elle va se dédire !

— Allez, viens, Bernice ! » lança Otis en s'élançant vers la porte.

Deux paires d'yeux — ceux de Warren et de

Marjorie — la fixaient, la défiaient, la provo-
quaient. Pendant une seconde de désespoir, elle
hésita.

« D'accord, dit-elle vivement, ça m'est bien égal
de le faire. »

Quelques interminables minutes plus tard, faisant route vers le centre-ville au côté de Warren
en cette fin d'après-midi tandis que les autres les
talonnaient dans l'auto de Roberta, Bernice éprouvait toutes les sensations de Marie-Antoinette
conduite à la guillotine dans une charrette. Elle
se demandait vaguement pourquoi elle ne criait
pas au malentendu. Elle avait toutes les peines
du monde à s'empêcher d'agripper ses cheveux
à pleines mains pour les protéger d'un univers
soudain hostile. Et pourtant elle ne fit ni l'un ni
l'autre. Même essayer de penser à sa mère ne
pouvait la dissuader désormais. C'était l'épreuve
ultime qui prouverait son fair play, le droit de
passage qui lui ouvrirait sans conteste l'accès au
firmament des filles adulées par la foule.

Warren broyait du noir en silence, et lorsqu'ils
parvinrent à l'hôtel, il se gara le long du trottoir
et indiqua d'un signe de tête à Bernice qu'il la
suivait. L'auto de Roberta déversa une troupe
hilare dans le salon de coiffure, dont les deux
arrogantes baies vitrées donnaient sur la rue.

Debout sur le trottoir, Bernice considéra l'en-
seigne : SALON DE COIFFURE SEVIER. C'était

bien une guillotine, avec pour bourreau le coiffeur en chef qui, vêtu d'une blouse blanche et la cigarette au bec, s'appuyait nonchalamment au dossier du premier fauteuil. Il avait dû entendre parler d'elle ; il avait dû l'attendre toute la semaine, fumant d'éternelles cigarettes au pied de ce monumental premier fauteuil, dont on parle si souvent. Allaient-ils lui bander les yeux ? Non, ils noueraient une serviette blanche autour de son cou pour éviter que ses vêtements ne soient recouverts de son sang — grotesque, de ses cheveux !

« Allez, Bernice », lui glissa Warren.

Le menton relevé, elle traversa le trottoir, poussa la porte battante et sa moustiquaire et, sans un regard pour la rangée hilare et indisciplinée qui occupait le blanc du salon d'attente, elle s'avança vers le coiffeur en chef.

« Je veux une coupe à la garçonne. »

La bouche du coiffeur s'entrouvrit imperceptiblement. Sa cigarette tomba par terre.

« Hein ?

— Une coupe… à la garçonne ! »

Se dérobant à tout autre préliminaire, Bernice se cala sur son siège. Un client occupant le fauteuil voisin tourna la tête vers elle et la gratifia d'un regard, mi-savon à barbe, mi-incrédulité. L'un des garçons coiffeurs sursauta, gâchant la coupe mensuelle du petit Willy Schuneman. Dans le fauteuil du fond, Mr. O'Reilly grommela et modula un juron en vieux gaélique tandis qu'un rasoir lui entaillait la joue. Deux cireurs écarquillèrent les yeux et se précipitèrent aux pieds de la jeune femme. Non, Bernice n'avait pas besoin qu'on fasse briller ses chaussures.

Un passant s'arrêta sur le trottoir et contempla la scène, un couple se joignit à lui, une demi-douzaine de garçonnets vinrent s'écraser le nez contre la vitrine, et des bribes de conversation portées par le zéphyr estival flottèrent à travers la moustiquaire.

« Vise un peu cette tignasse qu'elle a, la gosse !

— T'es maboul, ou quoi ? C'est une femme à barbe qu'il a juste fini de raser ! »

Mais Bernice ne voyait rien, n'entendait rien. Son seul sens encore en alerte lui disait que cet homme en blouse blanche avait ôté un peigne en écaille de tortue après l'autre, que ses doigts tentaient maladroitement d'extraire des épingles inconnues, puis que ces cheveux, cette magnifique chevelure qui était la sienne, disparaissaient — jamais plus elle ne les sentirait lui tirer voluptueusement la tête lorsqu'ils pendaient dans son dos de toute leur radieuse longueur châtaine. L'espace d'un bref instant elle faillit fondre en larmes, puis l'image vint se matérialiser mécaniquement dans son champ de vision : la bouche de Marjorie esquissant un sourire ironique comme pour dire : « Laisse tomber et descends de là ! Tu as essayé de me tenir tête et je t'ai percée à jour. Tu vois bien que tu n'as pas la moindre chance. »

Alors une ultime décharge d'énergie submergea Bernice, car elle serra les poings sous le tissu blanc, et son regard s'étrécit sous l'effet d'un curieux plissement que Marjorie commenta bien longtemps après les faits.

Vingt minutes plus tard, le coiffeur pivota le fauteuil pour confronter Bernice au miroir, et elle fit la grimace en voyant l'étendue des dégâts. Ses cheveux n'étaient pas bouclés : ils pendaient en deux masses raides et sans vie de chaque côté de son visage soudain livide. C'était laid à faire peur — elle savait que ce serait laid à faire peur. Le charme de son visage provenait avant tout d'une simplicité de madone. Maintenant que celle-ci avait disparu, Bernice paraissait... ma foi, terriblement médiocre — nullement théâtrale, mais simplement ridicule : on aurait dit une midinette de Greenwich Village[6] ayant oublié ses lunettes à la maison.

En redescendant du fauteuil, elle tenta de sourire... et échoua lamentablement. Elle vit deux filles échanger un regard, remarqua la bouche de Marjorie esquisser un sourire de moquerie plus discrète — et aussi que les yeux de Warren luisaient d'un air glacial.

« Tu vois... (ses mots tombèrent dans un silence gêné)... je l'ai fait.

— Oui, tu l'as... fait, admit Warren.

— Ça vous plaît ? »

Deux ou trois voix articulèrent un « bien sûr » sans conviction, un autre silence gêné s'ensuivit, puis Marjorie se retourna vivement vers Warren avec toute l'intensité d'un serpent.

« Tu voudrais bien me conduire en vitesse chez le teinturier ? lui demanda-t-elle. Il faut tout bêtement que j'aille récupérer une robe avant le dîner. Roberta rentre directement à la maison, elle peut véhiculer les autres. »

L'air ailleurs, Warren fixait un point à l'horizon à travers la vitrine. Puis ses yeux se posèrent un bref instant sur Bernice, le regard froid, avant de se tourner vers Marjorie.

« Avec plaisir », fit-il lentement.

VI

Bernice ne prit pas toute la mesure du piège scandaleux qu'on lui avait tendu avant de rencontrer le regard ébahi de sa tante juste avant le dîner.

« Mais enfin, Bernice !

— Je les ai fait couper, tante Josephine.

— Mais enfin, ma petite !

— Ça vous plaît ?

— Mais enfin, *Bernice* !

— Je suppose que je vous offense.

— Non, mais que va penser Mrs. Deyo demain soir ? Bernice, tu aurais dû attendre que le bal chez les Deyo soit passé — tu aurais dû attendre si tu voulais faire une chose pareille.

— Ça s'est fait d'un seul coup, tante Josephine. Et puis de toute façon, qu'est-ce que ça peut bien faire à Mrs. Deyo plutôt qu'à une autre ?

— Mais enfin, ma petite, s'écria Mrs. Harvey, dans la conférence sur "Les Faiblesses de la jeune génération" qu'elle a lue au cours de la dernière réunion du club du Jeudi, elle a consacré un quart d'heure à la coupe à la garçonne. C'est la chose qu'elle adore le plus au monde détester. Et ce bal est donné en ton honneur et celui de Marjorie !

— Je suis désolée.

— Oh, Bernice, que va dire ta mère ? Elle va penser que c'est moi qui t'ai laissée faire cette horreur.

— Je suis désolée. »

Le dîner fut un supplice. Bernice avait tenté l'application hâtive d'un fer à friser, ne parvenant qu'à se brûler les doigts et une grande partie de ses cheveux. Elle voyait bien que sa tante s'inquiétait et se lamentait, tandis que son oncle répétait sans cesse : « Ça alors, c'est trop fort ! » d'un ton à la fois froissé et peu amène. Quant à Marjorie, elle ne pipait mot et se retranchait derrière un discret sourire, un sourire légèrement moqueur.

Elle parvint à survivre à la soirée par quelque miracle. Trois garçons sonnèrent ; Marjorie disparut avec l'un d'entre eux et Bernice tenta mollement et sans succès de distraire les deux autres — elle soupira de gratitude en grimpant l'escalier pour regagner sa chambre à 10 heures et demie. Quelle journée !

Lorsqu'elle se fut déshabillée pour la nuit, la porte s'ouvrit et Marjorie pénétra dans la pièce.

« Bernice, je suis vraiment désolée pour le bal

chez les Deyo. Je te donne ma parole d'honneur que j'avais complètement oublié.

— Ce n'est pas grave », répliqua sèchement Bernice. Debout devant le miroir, elle passa lentement son peigne dans ses cheveux courts.

« Je t'emmènerai en ville demain, poursuivit Marjorie, et le coiffeur t'arrangera ça pour que tu aies l'air bien coiffée. Je n'imaginais pas que tu irais jusqu'au bout. Je suis vraiment, vraiment désolée.

— Oh, ce n'est pas grave !

— Enfin comme c'est ta dernière soirée, je suppose que ça n'aura pas grande importance. »

Bernice grimaça quand Marjorie fit passer sa propre chevelure par-dessus ses épaules et se mit à la tresser en deux longues nattes blondes jusqu'à ce que, dans sa chemise de nuit crème, elle ressemble au portrait d'une princesse saxonne. Fascinée, Bernice observait les nattes de plus en plus épaisses. Lourdes et sensuelles, elles bougeaient sous les doigts souples tels des serpents indociles — et il ne restait plus à Bernice que cette relique, le fer à friser et un lendemain de regards écarquillés. Elle voyait G. Reece Stoddard, lui qui l'aimait bien, prendre ses grands airs d'étudiant à Harvard pour assurer à son voisin de table qu'on n'aurait pas dû laisser Bernice fréquenter les cinémas ; elle voyait Draycott Deyo échanger des regards avec sa mère, puis faire l'effort de se montrer charitable envers elle. Mais peut-être que d'ici demain, Mrs. Deyo aurait appris la nouvelle et enverrait un petit mot cinglant exigeant qu'elle omette de se montrer — et derrière son dos, ils riraient tous et sauraient que Marjorie l'avait ridiculisée, que son occasion de briller par sa beauté avait été sacrifiée au caprice jaloux d'une fille égoïste. Elle s'assit brusquement devant le miroir, se mordillant l'intérieur des joues.

« Ça me plaît, articula-t-elle non sans effort, je crois que ça m'ira bien. »

Marjorie sourit.

« C'est tout à fait bien. Pour l'amour du Ciel, ne te fais pas de souci pour si peu.

— Je ne m'en fais pas.

— Bonne nuit, Bernice. »

Mais lorsque la porte se referma, Bernice sentit un ressort se casser net en elle. Elle se leva d'un bond dynamique, les poings serrés, puis traversa vivement la chambre sans le moindre bruit pour tirer sa valise de sous le lit. Elle y jeta pêle-mêle des affaires de toilette et des vêtements de rechange. Se tournant alors vers sa malle, elle y vida en hâte deux tiroirs pleins de lingerie et de robes d'été. Elle agissait en silence mais avec une efficacité terrifiante : en trois quarts d'heure sa malle était bouclée et sanglée, et elle avait revêtu un ensemble de voyage tout neuf que Marjorie l'avait aidée à choisir.

Assise à son secrétaire, elle rédigea un petit billet à l'attention de Mrs. Harvey, où elle résumait les motifs de son départ. Elle cacheta l'enveloppe, écrivit l'adresse et déposa le tout sur son oreiller. Elle jeta un coup d'œil à sa montre. Le train partait à 1 heure, et elle savait qu'en marchant jusqu'au Marborough Hotel situé deux rues plus loin elle pourrait facilement trouver un taxi.

Soudain, elle prit une brusque inspiration et dans ses yeux brilla une expression qu'un observateur expérimenté ayant l'habitude de déchiffrer les personnalités aurait peut-être rapprochée de l'air déterminé qu'elle arborait dans le fauteuil du coiffeur — un stade ultérieur de la même attitude, en quelque sorte. Cette expression était tout à fait nouvelle chez Bernice — et elle impliquait un certain nombre de conséquences.

Elle gagna furtivement le bureau, s'empara d'un objet qui s'y trouvait, puis éteignit toutes les lumières et resta debout en silence jusqu'à ce que ses yeux se soient accoutumés à l'obscurité. Sans un bruit, elle poussa la porte de la chambre de Marjorie. Elle perçut la respiration calme et régulière d'une conscience sereine dormant paisiblement.

Elle se tenait au chevet du lit à présent, très calme et très déterminée. Elle passa vivement à l'action. Se penchant en avant, elle saisit l'une des nattes de Marjorie, sa main remonta jusqu'à la racine des cheveux, puis tout en laissant un peu de mou afin que la belle endormie ne sente aucune traction, elle abaissa les grands ciseaux et coupa la tresse. Son trophée à la main, elle retint son souffle. Marjorie avait marmonné quelque chose dans son sommeil. Bernice amputa adroitement l'autre natte, demeura immobile un instant, puis regagna sa chambre à petits pas silencieux.

Une fois en bas, elle ouvrit la grande porte d'entrée, la referma précautionneusement derrière elle et, envahie d'un étrange sentiment de bonheur et d'exubérance, descendit le perron au clair de lune, balançant sa lourde valise comme un sac de courses. Après une minute de marche rapide, elle s'aperçut qu'elle tenait encore dans sa main gauche les deux nattes blondes. Elle éclata de rire sans crier gare, dut se forcer à garder la bouche close pour s'empêcher d'émettre un gloussement sonore. Elle passait devant chez Warren à présent et, prise d'une impulsion subite, elle posa son bagage, fit tournoyer les deux nattes comme deux longueurs de corde et les lança furieusement contre le perron de bois, où elles atterrirent dans un petit bruit sourd. Elle se mit à rire de nouveau, sans chercher à se restreindre cette fois-ci.

« Ha ! s'esclaffa-t-elle, hystérique. Qu'on la scalpe, cette pimbêche égoïste ! »

Là-dessus, reprenant sa valise elle partit au petit trot dans la rue baignée de lune.

NOTES

Le pirate de la côte

1. Il ne s'agit pas de la statue de Rodin ainsi nommée, mais de *France Aroused* (littéralement : *La France indignée*), œuvre monumentale réalisée en 1916-1917 par le sculpteur américain Jo Davidson (1883-1952), qui la conçut pour célébrer le sursaut victorieux de la France lors de la première bataille de la Marne (6-12 septembre 1914).

2. Ratifié le 16 janvier 1919, le dix-huitième amendement de la Constitution américaine établit la Prohibition aux États-Unis, qui entra en vigueur le 17 janvier 1920, interdisant la fabrication, la vente et le transport d'alcool. La Prohibition fut abolie par le vingt et unième amendement le 5 décembre 1933.

3. Il s'agit de deux cabarets connus à New York.

4. Danse traditionnelle hawaïenne, le hula devint populaire au début du XXe siècle dans les cabarets et les films hollywoodiens.

5. Depuis la fin des années 1880, l'Orpheum Circuit était la principale chaîne de théâtres de music-hall dans le Middle West et sur la côte Ouest des États-Unis.

6. La petite ville de Plattsburg (dont le nom est

également orthographié Plattsburgh), dans le nord de l'État de New York, sur le lac Champlain, abritait un grand camp d'entraînement militaire pour officiers et appelés à l'époque de la Première Guerre mondiale.

7. Booker T. Washington (1856-1915), ancien esclave devenu un célèbre éducateur afro-américain, fut notamment le premier directeur du Tuskegee Institute créé en Alabama en 1881, première institution éducative conçue par et pour les Noirs aux États-Unis.

8. Soit du Maine à la Floride.

9. Aux États-Unis, toutes les nominations militaires doivent être approuvées par le Congrès. Les officiers étant réputés avoir un comportement digne d'un gentleman, l'expression « gentleman by act of Congress » est souvent employée de façon ironique : personne n'acquiert les qualités d'un gentleman par décision législative.

10. Allusion au roman pour enfants *Pollyanna* (1913) d'Eleanor Hodgman Porter (1868-1920), dans lequel la jeune héroïne éponyme fait face à toutes les situations de la vie en jouant à ce qu'elle appelle « le jeu du bonheur » (*The Glad Game*). Le prénom Pollyanna est passé dans la culture populaire comme synonyme d'idéalisme et d'optimisme béat, d'où la précaution rhétorique d'Ardita.

11. Matthieu, v, 3 : « Heureux les pauvres en esprit, car le royaume des cieux est à eux ! »

12. En employant le terme péjoratif « *Spic* », qui désigne vulgairement les Latino-Américains, Carlyle fait sans doute allusion à la guerre hispano-américaine de 1898, dont l'enjeu principal fut l'indépendance de Cuba. Elle consacra la victoire écrasante des États-Unis, leur assurant une souveraineté temporaire sur Cuba ainsi que le contrôle permanent de Guam, de Porto Rico et des Philippines, mettant par là fin à l'empire hispa-

nique. D'où la remarque du personnage, qui souligne la supériorité d'une simple vedette de gardes-côtes nord-américaine sur un navire de guerre espagnol.

Bernice se coiffe à la garçonne

1. Hiram Johnson (1866-1945), sénateur de Californie de 1917 à sa mort, connu de la génération de Fitzgerald pour son isolationnisme intransigeant, s'opposa au traité de Versailles et milita pour empêcher les États-Unis de rejoindre la Société des Nations. — Ty Cobb (1886-1961), surnommé « The Georgia Peach », était un célèbre joueur professionnel de base-ball.

2. Annie Fellows Johnston (1863-1931) composait des romans édifiants pour la jeunesse.

3. Dans le langage des fleurs, le gardénia signifie traditionnellement l'amour secret.

4. L'air pur et sec de l'Arizona en faisait le lieu idéal pour les sanatoriums.

5. Selon l'étiquette des réceptions, le partenaire désigné pour une jeune femme à table était placé à sa gauche, et la conversation devait lui être principalement adressée.

6. La tradition bohème de ce quartier du sud de Manhattan s'établit dans les premières décennies du XXᵉ siècle, où Greenwich Village devient le lieu de prédilection de l'avant-garde artistique et de la culture alternative.

COLLECTION FOLIO 2 €

Dernières parutions

Composition Nord Compo
Impression Novoprint
à Barcelone, le 30 avril 2019
Dépôt légal: avril 2019
Premier dépôt légal dans la collection: septembre 2014

ISBN 978-2-07-045944-5 / Imprimé en Espagne.